ウサギの国の甘やか初恋保育園

松雪奈々

幻冬舎ルチル文庫

CONTENTS ✦目次✦

ウサギの国の甘やか初恋保育園

✦イラスト・亀井高秀

✦カバーデザイン＝齊藤陽子（CoCo.Design）
✦ブックデザイン＝まるか工房

ウサギの国の甘やか初恋保育園

一

事の起こりは昨日の昼間、兎神《うさぎがみ》に出会ったことからはじまった。

兎神というのはなにか、それを説明するにはまずこの国について話さなきゃならないだろう。

ここはウサギの王国という、日本とは違う次元にある異世界の島で、ウサ耳族が暮らしている。ウサ耳族は男女とも大柄で怪力、人間の耳のほかにウサ耳がついている。髭《ひげ》は生えず、髪も長く伸びない。先祖は元々日本人だったらしくて、街並みは江戸っぽい雰囲気、人々は着物を着ていて日本語を話すし、日本の昔話や風習を知っている。ただしウサ耳族が語る昔話や風習は、日本人の知るものとは少々異なる。いや、少々じゃなく、だいぶ異なるかもしれない。

「泥船《どろぶね》」といったらエロい誘惑の意味だったり、髭剃《そ》りがエロい行為だったりする。三百六十度全方位全力でエロに持っていきがちなんだ。ウサギの血が混じっているせいか、性的な妄想が異常なんだよ。とにかく性力旺盛で一日なんども、気軽に誰とでもセックスする。

そんな国民が暮らす国なんだ。

それで、兎神というのは五年前、日本からこのウサギの王国へやってきた人のことなんだ。災厄から国を救う伝説の神と国民に崇《あが》められている。

みんなは彼のことを、この世のものとは思えぬほど見目麗《うるわ》しく妖艶《ようえん》で、その姿をひと目見たら発情を抑えることは難しいなんて言う。その身体《からだ》は性欲でできているとか、えろーすと呼ばれる神力で蔓《つる》なしカボチャを戦艦大和《やまと》にするとか、いろいろ突っ込みたくなるような噂《うわさ》をしている。

俺から見たら、兎神はふつうの日本人だ。

ウサ耳はなく、小柄で地味な、三十代なかばくらいの、長髪の男性。

ふつうの日本人というのを、俺は知っている。

俺は生粋《きっすい》のウサ耳族だ。生まれてからいちども、海に囲まれたこの王国から出たことはない。その俺がなぜ日本人を知っているかというと、じつは前世の記憶があるんだ。子供の頃ふとした拍子に思いだしたんだが、前世の俺は日本で暮らす日本人だった。二十代なかばくらいまでの記憶があり、料亭に勤めていた。

特別格好いいわけでも特技があるわけでもない、平凡な男だった。いや、冴《さ》えなくてついてない点だけはある意味非凡だったかもしれない。小心者で挙動不審なせいで街を歩くと職質され、電車に乗れば痴漢に間違われ。鳥のフンが頭に落ちることなんて日常茶飯事で、それは現世も同様だ。田舎《いなか》道で転んだら肥溜《こえだ》めに落ちたり、おみくじを引けばいつも必ず「大凶」。凶より悪い大凶なんてものがあると、俺はこの世界で初めて知った。勉学実を結ばず、待ち人来たらず、仕事は八方塞がり。もう毎度のことで、気にもならなくなっていたが、先月、新年初めに引いたおみくじは「超大凶」と出た。仕事はクビ、性欲消滅、今年中に死ぬって書いてある。どんなおみくじだよ。ひどすぎて、さすがに落ち込んだ。

作っているのは神主の佐衛門《さえもん》様だろうか。まさか兎神じゃあるまい。兎神に接したことはないが、たぶんまともな人だと思う。

俺もかつては日本人だったから勝手に兎神に親近感を抱いて、どうやってこの国に来たのかとか、いつか話してみたいと思っているんだが、まだそんな機会は訪れていない。

兎神は日本の知識をヒントにいろいろ試みて国の発展に貢献していて、すごい人だと思う。俺なんて、おなじように日本の知識があるのに、なにひとつ役立てることができていない。

俺にできることは料理だけだ。

俺は前世で料理人をしていた経験を活かし、十五の頃から王宮の厨房で働いていて、今年で五年になる。王宮に勤める料理人はたったの五人で、そのうちのひとりだ。

ふつうは下働きからはじまるものだが、俺は腕を見込まれ、初めから料理人として入った。五人の中では最年少のはたちだが、兎神が俺の味付けを好んでいるそうで、同僚からは一目置かれている。

王宮で働いているということはとても名誉なことで、それまでも兄や叔父《おじ》たちにたいしたもんだと褒められていたんだが、兎神に腕を評価されていると噂されるようになってから、それまで以上に周囲から尊敬と羨望《せんぼう》のまなざしをむけられるようになっていた。それが自分のプライドであり、自信に繋《つな》がっていた。重労働できつい仕事だけれど、その自負のおかげで頑張れる。

ついてない俺がこんな名誉な職につけているなんて奇跡だと思うし、たぶんこの就職で俺のツキはすべて使い果たしていると思う。

おみくじでは仕事はクビと書かれていたが、クビになるわけにはいかない。クビになったら本当に死ぬしかないくらい、俺にはなにも残らない。まあ、仕事はきちんとこなしているし、クビになるようなことはしていないからだいじょうぶだろうと、そのときまでは思っていた。

その日の俺は早番で、日の出前に宿舎を出た。昨夜降った雪がうっすら積もって凍っていて、雪駄《せった》で歩くとサクサク音が鳴る。空気は身を切るような冷たさで、首をすくませ、かじかむ指を擦《こす》りあわせて厨房へ急いだ。

王宮は京都の二条城《にじょうじょう》のような感じで広大だが、宿舎と厨房は敷地内の近場にあり、歩いて五分とかからない。冷え切った厨房に入ると割烹着に袖を通し、かまどに火を入れた。

まもなくもうひとりの早番が着物の裾を直しながらやってきた。

「ヒロ」

俺の名前は浩《ひろし》で、みんなにはヒロと呼ばれている。

「いいもの見せてやろうか」

彼が頬を赤らめ、そわそわしながら俺のそばへ来た。

「なんですか」

「涅槃図《ねはんず》を手に入れたんだ」

「涅槃図……って」

涅槃図と言ったら、お釈迦《しゃか》様が沙羅双樹《さらそうじゅ》の下で横たわっている、あの絵だよな。

「これさ」

彼が懐《ふところ》から紙をだし、広げて見せる。そこには日本人らしき男性が横たわっている絵が描かれていた。

「兎神、ですか?」

「いや。ナスの式神《しきがみ》だ。お釈迦様だからな」

日本から来たのは兎神だけでなく、もうひとりいる。ナスの式神と呼ばれ、兎神の補佐をしている人なんだが、なぜか国民にお釈迦様と認識されている。

「はあ……周りに描かれているのは……皿、ですか」

「ああ、そうだ。涅槃図だからな」

男性の周囲には、汚れた皿やきれいに積まれた皿が描かれている。なんでだろう。沙羅双樹……サラソージュ、サラソージ、皿…掃除……？　まさかな……意味不明すぎるもんな……。

「これ、見つかったら大変だから内緒だぜ。俺さ、昨日これを見てから、興奮して眠れなくなっちまってさ」

ヌード画ではない。ちゃんと着物を着ている男性が寝ている絵。これのどこをどう見たら興奮するんだろう。というか、涅槃って煩悩《ぼんのう》から解放されることだろう。興奮して眠れないって、煩悩が逆に強まっているじゃないか。

というツッコミは、心の中に留《とど》めておく。俺は図体が大きいくせに小心者で、思ったことをそのまま口にできる性分ではない。だがさすがに気になって、ちょっと尋ねたくなった。

「あの。涅槃図って、つまり？」

「知らないのか？　煩悩の塊《かたまり》って意味だろ」

やっぱりそうですよね……。

ウサ耳族は、たいていいつもこんな調子で、俺のほうがたぶんここではおかしい。俺もウサ耳族だが、日本人の常識もあわせ持っているから、兎神や式神に欲情することはない。

「さて、仕事しなきゃな」

同僚は名残惜《なごり》しそうに絵を懐にしまい、俺と一緒に朝食の支度にとりかかった。

いちどに作る量は、朝は六十人分。王宮にはそれだけの人が暮らしていて、王と兎神のぶんも含まれる。

できあがった食事を運ぶのは兎神の世話係なので、俺が直接兎神に会う機会はそうそうない。たまに、護衛を連れて王宮内を歩く兎神を見かけることがあるが、その程度だ。

調理を終えて配膳準備を整えたら、あとは下働きに任せ、厨房の隅で自分たちの朝食をすませる。食べ終えると同僚が立ちあがった。

「俺、あれが足りなくてさ。ちょっと部屋に戻るから」

「わかりました」

厨房から出ていく同僚を見送って、俺も立ちあがった。

昼食の支度にとりかかるまでには時間があり、自由に過ごしていい。俺も宿舎の自室へ戻ってもいいんだが、べつにすることもないので、下働きの人たちと一緒に下膳された食器を片付けた。

王と兎神、それから兎神の補佐である式神と呼ばれる人たちは自分たちの住まいで食事をとるが、それ以外の職員は食堂で食べる。食堂と厨房は隣接していて、会社の社員食堂のように膳の受け渡しができるコーナーがあり、配膳、下膳はセルフサービスになっている。

以前は窓口がなく、お店のように下働きが運んでいたんだが、兎神の提案で数年前に改善された。

食べ終わった膳が続々とコーナーに返却され、それを片付けていると、声をかけられた。

「茶埼《ちゃざき》くん」

ドスのきいた低い声。見ると、評議衆《ひょうぎしゅう》の人だった。

評議衆というのは王のもとで国政を司《つかさど》る、国のトップ集団だ。声をかけてくれたのは、イケメンだが怖そうな顔をした、俺よりも大柄な男性。名前は赤鬼巽《あかぎたつみ》という。いつも声をかけてくれるので、同僚から名前を聞いて覚えてしまった。年齢は今年で二十六歳らしい。宿舎住まいではないようで、朝食時に見かけることは滅多にないのだが。今日はめずらしい。

目があうと、彼は鋭いまなざしでぎろりと俺を睨《にら》みつけた。

「ごちそうさま……今日も美味《おい》しかった」

胸がきゅっとする。怖い。その名の通り、鬼のような雰囲気を持つ人だ。

射すくめられて目をそらせない。

「…ありがとう、ございます」

俺はビビりながら頭を下げ、彼の膳を受けとった。

食事は残さず綺麗《きれい》に食べている。嬉《うれ》しい。去っていく彼の背中を見送ると、俺は緊張を緩めて息を吐きだし、片付けを再開した。

名前付きで声をかけてくれるのは彼くらいだ。

彼は俺だけじゃなく、下働きにも声をかけるし、たぶん王宮で働く全員の名前を覚えているんじゃないかと思う。下々《しもじも》の名前を覚え、呼びかけることの大事さを、きっと彼はわかっている。

わかっていても、なかなかできることじゃない。態度は怖そうだが、できる男だろうと思う。俺のような庶民からしたら王や兎神同様、雲の上の存在で、仲良くなれることもないだろうけれど。

それでも次に声をかけられたら、笑顔で対応したいといつも思うのだが、緊張するだけでなく、元々俺の表情筋は死んでいるので難しい。

片付けがほぼ終わりかけた頃、下働きの正一《しょういち》と厨房にふたりきりになった。彼は一個上で歳《とし》が近く、仲良くしてもらっている。

「ヒロ、休まないでいいのか？」

濡《ぬ》れた手を拭きながら、心配そうに尋ねられた。

「ええ。べつに」

「でも……。おまえが休憩しているところ、見たことがないんだけど」

「そんなことはないでしょう。食事を終えたあと、ゆっくりしていますよ」

「いや、そういう意味じゃなくて。交わりだよ。みんな、休憩時間にしてるだろ」

交わりというのは、セックスのことだ。

王国民はウサギの血を引いているせいか、異常に性欲が強く、毎日なんどもする性質があ

る。仕事中でも「ちょっとタバコ吸ってくる」というのとおなじレベルで気軽にする。そして仕事をきちんとこなしてさえいれば、誰も文句は言わない。

早番の同僚が「あれが足りない」と言っていたのも、し足りなくて戻ったのだろう。

そんな感じだから、「夫婦」「恋人」よりも「セフレ」という概念のほうが定着している国なんだ。

俺も健康な成人男性。それなりに性欲はある。だが前世の記憶により日本人の常識を持ちあわせているため、みんなのように奔放なセックスライフを送ることにはためらいがある。

そういうのはやっぱり好きな人としたいと思う。好きな人がいないいまは、自慰だけでいい。ウサ耳族は自慰だけじゃ収まらないという人が多いのだが、俺は幸いにもそこまで悩まされていない。

とはいえこの国に住んでいる以上、まったくの未経験なわけじゃない。目覚めたら見知らぬ女性に乗られていたことが過去にいちどだけある。でもそれ以外はない。溜《た》まったら、その都度自分で処理している。

正一が本気で心配そうな顔をするので、どう言えばいいか俺はちょっと困った。

「あー。してますよ。ひとりで」

「え、なんで？　おまえなら男前だし、誘われるだろ？」

「いや。なんというか、そういうのはちょっといいかな、というか。正一さんこそ、たくさん誘われるでしょう？」

　たしかに俺は立ち姿がシュッとしているとか、目元がきりっとした男前だとか言われる。が、世話係の十四朗《じゅうしろう》さんや王のように女子から騒がれるほどでもなく、平凡の域は出ない。貞操観念の崩壊したこの国にいると、前世ほど容姿に価値を見出《みいだ》せない気もする。それに就職したばかりの頃は誘われたりもしたが、断りまくったので最近はまったくお誘いはない。早々に彼へ話を振ると、意外そうな顔をされた。

「そりゃ――って、あれ？　もしかして俺としたい？」

　どうしてそうなる。

「なんだ、早く言ってくれよ。ヒロだったら俺こそ大歓迎だし、なんならいまから」

「や、そうじゃないです。誤解です。しません」

　ソッコーで明確に訂正する。誤解されたらあとが大変だ。

「えー、じゃあ、なんで――あ。もしかして、好きになっちゃった？」

　ドキリとする。

　先ほど目にした、鋭いまなざしが脳裏に浮かぶ。

　なぜ彼が。

　いや、でも、彼は。恋をするには身分が違いすぎる。好きというほど彼のことを知っているわけじゃないし……強《し》いて言えば憧れ程度で……。

「やっぱりか。ヒロも兎神にやられているクチか。おい、目を覚ませよ。クビになるぞ」

「え、兎神って」

「なんだよ、知らないわけじゃないだろう。かの方々に心を奪われると、人間と交わりたくなくなるって。過去にいただろう。兎神を襲ってクビになった人とかさ。異動レベルなら相当いるって話じゃないか」

「いや、べつに俺は兎神を好きになったわけじゃ」

「じゃあ式神か。どっちだ。いや、どちらか聞いても意味ないな。とにかく神は諦《あきら》めて、人間に目をむけろよ。俺でよければいつでも相手するし」

「いや、神々に興味ないですから、だいじょうぶです」

きっぱり否定したが、まだ疑われていそうだ。これからしばらくは、顔をあわせるたびに心配されるかもしれない。

一通り片付けが終わると、正一は別の仕事のために厨房を出ていった。やれやれと思いながら厨房の掃除をしていると、厨房の戸が開く音がした。

正一か同僚が戻ってきたのだろうとなにげなくそちらを見ると、なんとそこには兎神が立っていた。質がよさそうだが豪奢《ごうしゃ》なものではない、俺たちとおなじような着物を着ている。

そして二本の大根を手にしていた。

「お邪魔します。ちょっといま、いいかい？」

驚いて棒立ちになる俺に、彼はにこやかに話しかけながら近づいてきた。

「ええと、茶埼くん、かな？　いつも美味しい食事をありがとう」

兎神も俺の名を覚えていたらしい。驚きで、頭も身体も停止する。

「急いでいるから手短に言うよ。あのね、この大根、今年できた新種なんだ。二種類あって、こっちは身が柔らかくて甘い。こっちは辛い大根なんだけどね、丈夫で保存もきく品種から生まれたから、広めたくて。それで、ぜひ茶埼くんにこれを調理してほしいと思って。どういう料理法にしたら美味しく食べられるか、試してほしいんだ。突然無茶言って申しわけないけど、頼まれてくれるかな」

「は、い……」

大根を差しだされ、俺は条件反射で受けとった。

品種改良した野菜の調理を頼まれることはこれまでも度々《たびたび》あったが、いつも依頼に来るのは世話係で、本人が直接来たのは初めてだった。

俺は三十センチ下にある彼の頭を見下ろした。

「それよりあの、おひとりでここへいらしたんですか」

「うん。ちょっといろいろ思うところがあって。迷惑かけたらいけないから、もう戻らなきゃ」

兎神は戸口へ引き返そうとして、そうそう、と足をとめた。

「いつもね、茶埼くんの担当した料理はすぐにわかるんだ。芋《いも》の面取りの仕方とか、日本の料亭で出てくるみたいに綺麗でさ。懐かしい味がするんだよね。どこで習ったんだい？」

日本の料亭みたいと言われ、息がとまりそうになった。

それはそうだ。俺は前世で料亭の料理人をしていたのだから。

「あ、ごめん。長話になっちゃうといけないから、またあとで」

戸口のほうへ行こうとする彼の腕を、俺は思わずつかんだ。待ってくれ。もうすこし話をしたい。

「あの」

「わ」

俺が急に腕をつかんだもんだから、兎神はよろけて床に膝をついた。腕をつかんでいた俺も、彼の上に覆いかぶさる格好になってしまった。そのとき、戸口が開いた。

そこには神主佐衛門と正一、同僚の姿が。

「な、なんと！　兎神！」

「わ！　ヒロ、おまえ、なにやってるんだ！」

「ち、違うんだ……！」

俺も兎神も慌てて立ち上がる。

「兎神、いないと思ったら、この若者を誘惑しておったのですか？」

「佐衛門さん、違いますよ！　ただ転んだだけです！　ここには大根の調理を頼みに来ただけで……っ」

　兎神の弁明に、神主がわなわなしだす。

「だ、大根……。大根を使って、どんな行為を……」

「行為じゃなくて、料理ですっ」

「ついに陛下のイチモツではご満足できず、大根に手をだしたと……陛下にご報告せねば」

「うわあ、違うからやめてくださいっ！」

　彼らの会話を聞いた正一や同僚も、恐ろしそうに俺を見る。

「ヒロ、おまえ、やっぱり兎神のことを……」

「いや、ちが」

「ヒロ、おまえいつも休憩しないと思ったら、ここで兎神と逢引きしていたのか」

「なんと！　いつもですと？」

「違うってば‼」

　俺と兎神がどれほど否定しても、目撃者たちは耳を貸そうとしない。

　王国民は多少思い込みが強いものの、普段はまともにコミュニケーションを図れるのに、神のこととなると、とたんに話が通じなくなるんだ。耳が四つもついているくせに。

「ともかく一報を。そちらの者は、沙汰《さた》を待て」

「待って佐衛門さん――！」

王へ報告に行くと踵《きびす》を返す神主と、それを慌てて追いかけていく兎神。

「いや、それがじつはさ――」

ハッと気づけば、声を聞きつけて集まってきた野次馬に、正一が事情を話している。

「ヒロは前から兎神に懸想していてさ、兎神に大根プレイに誘われて、乗っちゃったんだ」

乗ってない！　誘われてない！　大根プレイってなんだ！

同僚も同調して野次馬に喋《しゃべ》りだす。

「そういえば前回の早番のとき、使うはずのカボチャがいくつか減ってたんだよな。あれも兎神とヒロが交わりに使ったってことか……」

カボチャを使うって、なにに？　どうやって？

俺がどんなに否定しても、話は収まらない。

ああ――。俺の人生、終わった……。


それから一時間後、俺のクビが決定した。

おみくじが当たってしまったよ……。

新たな就職先については、街の料理屋などの斡旋《あっせん》も可能。宿舎は今日中に退去するようにと事務方より淡々と告げられた。

「新しい仕事の斡旋は、陛下の恩情ですので。宿舎の立ち退《の》きがいますぐではなく今日中というのもそうです。兎神と交わった罪、どうぞ反省してください」

「交わってないのに……」

「どうぞ反省を」

交わってないと事務方にいくら訴えたところで聞く耳持たれず、決定は覆《くつがえ》らない。俺はうなだれ、部屋の荷物をまとめはじめた。

最近はないが、兎神が来た頃は、彼の世話係が役目を外されたことはよくあった。だが係を異動しただけで、クビになった者は実際に行動に移したひとりだけと記憶している。

俺もクビだ。冤罪なのに。

はあ。たまたま転んだところを見られるなんて、本当についてないな……。そういえば前世でも、横領を疑われてクビになりかけたことがあったな。悪いことなんてひとつもしてないのに、なぜ俺はこれほどついてない星のもとに生まれてきたんだろう。こんなとき、前世で悪いおこないをしたせいだとか言ったりするけれども、俺、前世でも特に悪いことはしてないのになあ。

身の回り品は質素で、風呂敷一枚に収まった。それを抱えて宿舎を出ていくと、遠巻きに俺を眺める人たちがひそひそと喋りだした。

「ほら、あれが例の、大根とコンニャクで兎神を――」

「狸汁《たぬきじる》を作ると言って、巧みに誘ったらしいな――」

「た、狸汁だって？　そりゃあ――」

ああ、どんどん話に尾ひれがついていってるよ。俺はいったいなにをしたことになってるんだ。

誰ひとり、俺の言い分を聞いてくれない。俺はそんな奴じゃないと言ってくれる人はいない。同僚や下働きなど、一緒に働いた者たちさえ。

ひとりくらい、同情したり庇《かば》ってくれる人がいたっていいと思うのだが、味方がいないということは、俺のここでの人間関係はそんな程度のものだったか。セックスは拒んでいたが、仲間として誠実につきあっていたつもりだったのだが。

兎神関連のことだから、しかたないのかもしれない。でも。

裏切られた気分だった。

「みんな、薄情だな……」

泣きたい気分で王宮の裏門を出る。

門の前には大きな松の木が生えている。存在感のある木で、俺はここを通るたびになんとなく声をかけていた。木に声をかけたりすると、変なやつだと言われてしまうので、こっそり、だ。

「今日でお別れだ……元気でな」

松に声をかけたら、いよいよ王宮とはお別れなのだと実感してきた。なぜかふいに、赤鬼さんの顔が脳裏に浮かんだ。俺がクビになったことは、彼にも伝わるだろうか。もう、彼に「ごちそうさま。美味しかった」と言ってもらえることはなくなる。王宮から離れたら顔をあわせることなどなくなるだろう。そう思うと奇妙なほど寂しい気持ちになった。

いつも律義《りちぎ》に名を呼んでくれて、美味しかった、ごちそうさまと声をかけてくれて。怖そうだけど、悪い人ではないとわかる。もし叶《かな》うなら、いちどゆっくり話をできたらいいな、なんて思うこともあった。

彼の面影を思いだしながら遠まわりして街を歩くうち、今後のことに思いが移る。

仕事はこれからどうしよう。

働かなきゃ生活はできない。とはいえ、いまさら街のちいさな食堂で働くのも……。

俺にとって、王宮の料理人という肩書は誇りであり、ステータス。生きる上でなによりも大事なものとなっていた。どんな仕事も尊いと思うものの、それでもやっぱり自分はエリートで特別だと思えていた。実際、王宮の料理人だと言うと、周囲の誰もがすごいなあと褒めて、称賛してくれていた。生意気に見えないように謙虚に振舞っていたが、内心では鼻高々だった。

それをはく奪されたいま、絶望しかない。自分にはもう価値がないとしか思えなかった。

人として生きる価値すら見出せない気分だ。

王宮で雇ってもらえたのは、前世でも料理人だった経験が大きかったと思うが、もちろん現世でも努力して、ここの風土にあうように考え、まじめに腕を磨いていた。やっかむ者もいたが、コネなどでなく実力なのだから、気にしないようにしていた。

陰で嫉妬《しっと》していた者たちは、この現状を嘲笑するだろうか。

王宮勤めを喜んでくれた兄や叔父はどう思うだろう。

がっかりさせるかもしれない。

なんども立ちどまりながらとぼとぼと歩き、とりあえず実家へむかう。ほかに帰る場所などない。

俺の実家は下町の長屋で、兄三人と叔父二人、叔母とその子供七人で暮らしている。この国の家族形態は、だいたいこんな感じで親族でまとまるか、あるいは気の合うセフレたちでシェアハウスするかだ。ちなみに子供とその母親には養育費が国から支給されるので、母親たちは生活の心配はいらない。その辺の法整備も、兎神が来てから進んだ。

表通りから細い路地に入り、長屋の入り口が見えてくると、戸口の前で遊んでいたウサ耳の子供たちが俺に気づいた。

「あ。ヒロくんだ」

「ヒロ～っ」

二歳から五歳の子供四人が笑顔で俺を取り巻く。みんな俺のいとこだ。

「おかあちゃーん、ヒロくん帰ってきたよ～」

子供の明るい声に、赤ん坊を抱えた叔母が戸口に出てきた。

「あら、ヒロ。どうしたの。今日はお休みって言ってたかしら」

「あ……うん。ちょっと……急に休みになって」

「あらそう。交代勤務だから、そういうこともあるわよね」

叔母はにこやかに言って戻っていく。

――クビになったと、言えなかった……。

俺は唇を噛《か》みしめ、自分の部屋の戸口を開けた。四畳ほどのワンルームで、奥に長持《ながもち》がある。土間で雪駄を脱ぎ、長持に荷物をしまうと、そのまますわり込み、肩を落として深々とため息をついた。

兄や叔父たちは大工をしている。夜には仕事を終えて帰ってくるだろう。

「はあ……」

どうしよう。これからどうしよう。

なんどもため息をつき、動けずにいると、外で遊んでいた子供たちの声が聞こえた。

ヒロくんのお部屋はこっちだよー、などと言っている。誰か来たのだろうか。

まもなく戸を叩く音が聞こえた。

「茶埼くん。赤鬼という者だが」

え？

赤鬼って……。この声……。

聞き間違いだろうかと思いつつ、俺は立ちあがり戸口へむかった。

「はい。いま出ます」

戸を開けると、鬼のように怖そうな顔をした、あの人が立っていた。

聞き間違いではなかった。評議衆の偉い人が、どうしてこんなところに。

「俺は評議衆の者で、赤鬼巽というんだが……俺の顔、覚えてくれてるか？」

「は、はい」

食い気味でこくこく頷《うなず》くと、彼の耳が揺れた。

「よかった。ちょっと話がしたいんだが、いいかな」

「はい……」

「お昼ご飯は食べたか？　まだだったら、どこかで食べながら話そう」

そういえば、ちょうど昼時だった。もちろん食べていなかったので、誘われるまま彼についていった。

表通りには江戸の町さながらに商店が並んでおり、飲食店も多数ある。ここ数年で人口は激増し、街も急速に大きくなっていた。兎神が来る前は役場に通じる中央の通りくらいしか栄えていなかったが、いまは街のメインとなる大通りが三本あり、遠くまで賑《にぎ》わっている。

電気やガスはないが、上下水道は整っているし、鉱物もある程度とれるので、街並みだけでなく庶民の暮らしもまさに江戸時代。ウサ耳族は髪が十センチくらいしか伸びないから、ちょんまげはしていないが。

俺たちは蕎麦《そば》屋に入り、テーブルにむかいあってすわった。

もう会えないと思っていたのにな。ふしぎな気分だ。

話ってなんだろう。

兎神のことでの取り調べだろうか。

たぶんそのことだろう。余罪がないか追及しに来たのかもしれない。それ以外に評議衆のこの人が俺を訪ねる理由など思いつかない。

硬くなって言葉を待つが、彼はなかなか話しだそうとせず、俺の顔を眺めている。

沈黙に耐え切れず、こちらから尋ねようと口を開きかけたら、注文した盛り蕎麦が届いた。

「早いな。まあ、食べよう。いただきます」

赤鬼さんが食べはじめたので、俺もそれに倣《なら》って食べはじめた。

「うまいな」

彼が言うのに、俺は頷く。

「酒がほしかったら頼んでくれ。俺はこのあと仕事に戻るから飲めないが」

「だいじょうぶです」

勤務中か。とするとやっぱり俺への用件も仕事の一環だろう。

彼が評議衆ということは知っていたが、具体的にどんな業務に携わっているのかは知らない。職員の規律とかかな、などとぼんやりと考えながら蕎麦をすすっていると、彼がもういちど言った。

「うん。うまい」

「はい」

「だが俺は茶埼くんの料理のほうがうまいと思うし、好きだ」

驚いて箸《はし》がとまった。

「食べられなくなるのは残念だ」

顔をあげると、まっすぐなまなざしに見つめられた。心なしか、常の鋭さが和らいでいる。

「今日は災難だったな。変な誤解をされて。まあ、しばらくしたら戻れるようになると思うから、あまり気を落とさなくていい」

思いがけない言葉に、俺はすぐに返事ができなかった。我に返り、口に入っていた蕎麦を慌てて飲み込む。

「……誤解って」

「うん？　誤解だろ？」

「も、もちろんです」

勢い込んで頷く。

「あの……、誤解だと信じてくれて……るんですか？」

信じられなくておそるおそる尋ねると、彼が当然というふうに頷いた。

「きみが兎神に不敬なまねをするはずがない。まじめな人間だってことは、いつも仕事ぶりを見ているからわかる。それに兎神の主張も聞いたが、嘘をついているとは思えなかった」

「……」

「様子を見て、俺からもきみの無実を陛下に進言するつもりだ。今回は目撃者が多いし、現場の状況が、なんというか、運が悪かったから、ほとぼりが冷めるのに時間がかかるかもしれないが、だが——おい」

彼が俺の顔を見て喋るのをやめた。

俺は、感極まって涙を流していた。

「すみませ……」

慌てて袖で涙を拭《ぬぐ》うが、とまらない。

自分を信じてくれる人が、ここにいた。その事実に、ひと言では言えない様々な感情が込みあげて、収まらなかった。

彼は俺が泣きやむまで黙って待っていてくれた。

目の周りを赤くしながらも俺がどうにか涙をとめ、すみませんと頭を下げると、話が再開された。

「それでな。ほとぼりが冷めるまで、別の場所で働かないかなと誘いに来たんだが。新しい仕事先、まだ決まっていないだろ？」

「ええ。その、別の場所とは？」

「保育園だ」

にこりともせず告げる彼の顔を、俺はきょとんと見つめた。

「保育園？」

「ああ。子供たちを預かる施設だ」

それはわかるが、と心の中で呟《つぶや》き、そういえばこの国に保育園はなかったなと気づいた。就学前の子供はその地域や親族などで育てるのが一般的で、関わりのない他人に預ける習慣はなかった。

「兎神が来てから飢饉はなく、死者が減った。お陰で子供が順調に育って、とんでもなく増えている。そうなると、母親やそのまわりの者の負担が重すぎて、これまでのやり方だと手に負えない。虐待や捨て子、迷子の相談なんてのも増加している。そこで、日中だけでも子供を預かる場所を作ってみた」

「それは……それも、兎神の発案ですか」

「いや。あの方の言葉がきっかけだが、俺の発案だ」

強面《こわもて》のこの人が、子供たちのための保育園を発案……。いや、人を見た目で判断しちゃいけないなと思う。それと同時に彼の発案と聞いて、なぜか俄然興味が湧いた。

「第一号の施設を明日から試験的に開園するんで、そこに調理師として来てほしいんだが、どうだろう」

「子供たちの食事、ですか」

「ああ。じつは、採用予定の者が、都合でこられなくなって。とりあえず次の採用者を見つけるあいだだけでも、来てもらえると非常にありがたい。ちなみに、軌道に乗るまでは俺もそこで働く。保育担当でな」

「え」

「意外か？　こう見えて、子供の扱いは慣れてるぞ。勉強もした」

赤鬼さんが俺を睨む。子供の扱い云々《うんぬん》よりも、びっくりしたのは彼もそこで働くということだ。

「いえ。評議衆の仕事はどうするのかと思って」

「期間中は他の者に任せる。と言っても、たまに評議所に顔をだすことになるとは思うが」

彼が茶を一口飲んだ。

「だから、わからないことや不安なこと、なにかあったら俺に相談してくれたらいい」

この話を受けたら、この人が上司、もしくは同僚ということになるのか。

雲の上の身分の人だと思っていたし、話などできる相手ではないと思っていた。それが突然、おなじ職場で働く仲間。距離が縮まりすぎて、どう接していったらいいのか戸惑うが、同時に、なんとも形容しがたいふわふわした感情が胸に湧きだした。

ともかく。悪い話ではなさそうだった。

そもそも冤罪とはいえ問題を犯した俺を、雇ってくれるところがそうそうあるとは思えない。ありがたい話で、断る理由などなかった。

俺は心から感謝し、頭を下げた。

「ありがとうございます。精いっぱいがんばりますので、よろしくお願いします」

「受けてくれるか」

「はい」

「よかった。きみの料理が食べられなくなる悲劇は回避できた」

彼がウサ耳を揺らす。

「さて。一緒に働く仲なんだし、俺のことは巽と名前で呼んでくれ。子供たちには、寺子屋とおなじように先生と呼んでもらうが、大人同士で先生と呼びあう必要はないだろ」

「巽、さん？」

「それでいい。俺のほうは、ヒロでいいか」

彼にヒロと呼ばれる日が来るとは。照れ臭くて赤くなりそうになる。

ふと、彼にじっと見つめられていることに気づいて、首を傾《かし》げた。

「なんです」

「いや。表情はあまり変わらないけど、代わりに耳はよく気持ちを表すんだな。顔色も、けっこうわかりやすいと思って」

「え、そ、そうですか」

無自覚だった。だが、ウサ耳がよく反応するとは、兄にも昔言われた気がする。

表情筋は死んでいるので気持ちは悟られていないと思っていたから動揺し、頬が熱くなった。耳、どんなふうに動いていたんだろう。どう思われただろう。恥ずかしい。

でもそういう彼だって、表情は怖いのにウサ耳はけっこう動く。こうして喋るのは初めてだが、意外と怖くないというか、話しやすい人柄を感じられる。

焦って俯《うつむ》く視界の端に、彼のウサ耳が優しく揺れているのが映った。

絶望の淵《ふち》にいたけれど、明日からの仕事を思うと、希望が胸に満ちてきた気がしていた。

二

保育園の場所は王宮裏にある天狗山《てんぐやま》の山裾。繁華街のそばだが大通りをすこし離れると、とたんに田舎っぽいのどかな景色が広がる、そんなところだった。敷地は垣根で囲われ、建物は広い平屋。庭の片隅には鶏小屋がある。翌朝、約束した時間に行くと、巽さんと子供五人が玄関で出迎えてくれた。

「もう、預かるお子さんが来てるんですね」

「こいつらは俺の子だ。みんな、あいさつだぞ。この人はヒロさん」

俺の子、とさらりと言うと、彼は俺に質問する隙を見せずに子供たちへ声をかけ、さらには俺にひとりずつ紹介する。

「清《きよし》は二歳。高志《たかし》と茂《しげる》は三歳で、茂のほうが三か月年上だ。サトは四歳、それから五歳の陽介」

名を呼ばれた順に、可愛いウサ耳を揺らしながらぴょこんとお辞儀し、元気にあいさつしてくれる。

「おはようございましゅ！」

俺はとっさに硬いお辞儀をした。

「おはようございます。ヒロと言います。今日からよろしくお願いします」

俺も緊張しているので、つい大人向けの口調になってしまった。硬すぎただろうか。

一番ちいさい二歳の清は恥ずかしいのか怖いのか、俺を見たまま黙って巽さんの後ろへ隠れた。茂と高志はおなじ三歳ということだが、異母兄弟だろうか。

五人とも容姿の特徴はバラバラだ。巽さんは赤っぽくてふんわりした髪質で、茶色の瞳だが、似ている子はいない。

「ヒロ、厨房はこっちだ。おまえらはその辺で遊んでいてくれ」

新築の香りを嗅《か》ぎながら玄関を上がると、開放的で明るい二十畳くらいの和室が二間あった。廊下を挟んだむこう側にも部屋がある。

「タッちゃんまって。サトもいく～」

「キヨも～」

俺たちのあとに子供たちも楽しそうについてくる。

背後の子供たちを気にしつつ、巽さんが小声で俺にだけ聞こえるように言う。

「あいつら、正確には俺の子じゃなくて、姉の子なんだ。二年前に病死したんで、俺が養ってる」

「ああ……そうなんですね」

俺の母も十五年前に病死している。医療が発達していないこの国では、珍しい話でもない。

「俺も、兄や叔父に育てられたクチです」

「そうか」

姉の子、ということは、茂と高志の年齢はどういうことだろうとちらりと思ったが、すぐに頭の隅に追いやられた。

和室を通り過ぎて廊下へ出て、しばらく行くとその先に厨房があった。広い土間にかまどや流し、調理台がある。設備はすべて新品で、ここで働けるのだと思うとわくわくした。

「米や調味料は準備してある。ほかに必要なものがあったら、自由に注文してくれ」

約束事や俺の業務のことなど説明を受けながら、ひととおり案内されて和室へ戻ると、ほかのスタッフが出勤してきていた。保育士九名。年配の女性が三名、残りは男性だ。

巽さんに紹介され、あいさつをする。なんとなく、みんなの俺を見る表情が硬い。それぞれのあいさつも、よそよそしい印象を受けた。気のせいだろうか。

やがて子供たちが続々と親に連れられてやってきた。預かる子供は一歳から五歳で、巽さんの子供も含めて約五十人。

ウサ耳っ子たちが、続々、続々と。

この国では伝説上の生き物であるウサギのぬいぐるみを抱えている子もいる。

可愛いなあ。

みんな忙しそうなので、俺も手伝ったほうがいいかと思ったんだが、スタッフのよそよそしさは続いていて、誰も俺に声をかけようとしない。俺以外のスタッフ同士では仲良く話しているのだが。子供たちのほうも、俺が「おはよう」と声をかけても、すこし離れた場所からじっと見つめてくるだけで、近づこうとしない。巽さんなどは、なにも言わなくても子供のほうから寄っていくのに。巽さんのほうが、俺よりずっと怖そうに見えるのに、なぜだ。

俺、同僚だけでなく子供とも仲良くなれそうにないのか……。

実家にいるちいさないとこたちは、俺を見ると笑顔で駆け寄ってくれるんだが、あれは身内だからか。

ひとりで泣いている子がいたのであやそうと思って近づいたら、さらに泣かれて逃げられた。大勢の中で俺ひとり、壁際にポツンといる。ここにいても意味がない。

ふと思う。

俺も、兎神のように日本人の容姿だったらなあ、なんて。

前世の俺は平凡な容姿だったから、その姿のままここへ来たら、ウサ耳族には人気だっただろうなあ。

俺と兎神の違いってなんだろうな。

彼は野菜の品種改良をはじめ、いろいろなことをしていて、みんなが尊敬しているが、その発想の根源は日本にあると俺は知っている。子供や女性へ補助金をだすようにしたのは兎神だが、日本にもその制度はあった。俺だって知ってる。俺だって、できそうなことだ。

なにかがちょっとだけ違えば、俺だって兎神のような立場になったかもしれない。なんて思うときがたまにある。

でも、漠然と知っていることと、それを実際に行動に移すのでは、途方もない隔たりがあることも知っている。俺には、彼のように実行できないだろう。だって、つい昨日まで、この国に保育園がないことにも思い至らなかったんだ。

俺は、なにもできない。

そんなことを考えたらますます落ち込んだ。

せっかく巽さんが新しい職場へ誘ってくれたのに、もう、うまくいかない予感しかしない。

なにもしないうちから落ち込んでしまったが、そういえば俺にもすぐにとりかからなければならない仕事があったんだと思いだし、にぎやかな和室をあとにして厨房に入った。献立も食材の発注も一任されていて、今日のぶんはこれから考えて発注しなくてはいけない。

俺は子供向けの料理はまともにしたことがない。実家に帰ったとき、ごくまれに頼まれて料理をすることはあっても、大人向けのものだ。いとこたちのぶんは叔母が作っていた。

一歳から五歳の子供五十人前。どのくらいの量を作ればいいだろう。献立は、子供が喜びそうなものがいいのだろうが。日本ならば献立もいろいろ思いつくが、ここでは肉食が一般的じゃないし、食材や調味料も限られる。

「王宮の朝食は大人六十人前。その半分くらいでいいか……多いか。でも足りないよりは……。子供だから薄味で……」

前例のない、国で初めての保育園。この国のどこかに五十人前の幼児食を作った経験のある者はいるだろうか。参考意見を聞けないのが辛《つら》い。

考えているうちに業者がやってきてしまったので、いそいで注文書を書き、手渡した。

その後、献立を紙に書きだし、調味料の分量を計算してメモし、明日からの献立も決めているうちに食材が届いた。

よし。はじめるか。

幼児食を作ったことはなくても、まったく知識がないわけでもない。これまでずっと、王宮の厨房で腕を磨いてきたのだ。日本の知識もあり、この国の子供たちが家庭では食べたことのないものだって作れる。みんながあっと言うような、おいしいと喜んでくれる料理を作ってみせる。

俺にできるのはこれだけだ。がんばろう。

夏に収穫したトマトを煮詰めて保存した、ケチャップに似たものを取り寄せたので、味を調整し、柔らかめに炊いたご飯に混ぜる。その上に薄焼き卵をのせて、オムライス風に仕上げた。あとは栄養バランスを考えて野菜たっぷりのけんちん汁。

「よし——と。あっ」

できあがったあとで気づいた。子供五十人前しか考えていなかったことに。ここには子供のほかに大人十一人がいるのだった。

時間がないので大人のぶんは残っているご飯でおにぎりにする。もし足りなかったらまた米を炊こう。

「もうお昼の時間だけど、まだですか」

忙しく支度をしていると、男性スタッフのひとりが厨房にやってきた。

「すみません。いますぐ。子供たちのぶんはできてます」

顔をあげると、彼はなにか言いたげに、じろじろと俺を見ていた。

「噂で聞いたんだけど、あんた、兎神を襲って無理やり交わったんだって?」

「まさか」

なんだその噂は。転んだだけの事実がそんな話になって、広まっているのか。

「俺はそんなことはしてません」

「じゃあなんで、王宮勤めをやめたんです?」

「ちょっとした誤解です」

怒りを滲ませて強く答える。しかし相手は疑わしそうな目をしていて、俺の言葉を信じている様子はない。「ふうん」と呟くように言って去っていった。

ああ……。

突然、生卵でも投げつけられたような気分だった。

がんばろうと思っていた心が萎《な》える。

ため息をひとつつき、そういうことか、と思う。

朝、スタッフがよそよそしく感じられたのは、噂を信じて、俺を悪者と警戒していたせいだったのかもしれない。つまり噂を信じているのはいま来た彼だけでなく、スタッフ全員なのだろう。

ああ。ふさぎ込んでる場合じゃない。まずは目の前の仕事をどうにかしないと。

「お昼ご飯できました」

できあがったら声をかけ、スタッフに箱膳を運ぶのを手伝ってもらった。なかなか落ち着かない五十人の子供たちをどうにかすわらせ、みんなで元気に「いただきまーす」と声をあわせる、が。

「これ、なに？」

「なんか、へんなにおいだよ」

子供たちは得体のしれないものを見るように恐々と皿を覗《のぞ》き込むばかりで、手をつけようとしない。

「これはちょっと、ねえ」

スタッフも困惑したように顔を見あわせる。

巽さんが、かなり大げさな様子で声を張り上げた。

「すごいなあ。みんなも見たことないよなあ。これは王様や兎神が食べてるんだぞ」

「え、そうなの？」
四、五歳の子供たちの、料理を見る目が変わった。つられてちいさい子たちも。
巽さんが大きく頷く。

「きっとおいしいぞ。食べてみよう」

「うん」

巽さんに乗せられて、数人がひと口食べた。

「でも」

「なんか、おいしくないよ」

おいしくない？

そんなはずは……。

「せんせいのおにぎりがいい」

巽さんの声掛けのおかげで、大きい子はいくらか食べてくれたのだが、ちいさい子は嫌がる子が多く、オムライスもけんちん汁も食べようとしない。みんな、大人用のおにぎりがいいと言うのでそちらを食べさせ、子供用のほうはスタッフが食べたのだが、それでもかなりの量が残ってしまった。

「どうして……」

厨房に戻り、大量の残飯を前に、呆然《ぼうぜん》とした。

好き嫌いのある数人が食べられないならわかるが、けんちん汁もオムライスも、ほぼ全員の子供からおいしくないと言われた。

料理の腕には自信があったのに、いっきに打ち砕かれた。

だす前に味見はもちろんしたのだが、食べ残しのけんちん汁をひと口食べてみる。やはり、問題ないと思う。

しかし子供たちは、これを拒んだのだ。王宮でも喜ばれたけんちん汁。それからこの地では珍しいオムライスをだせば、子供の心を摑めると思っていたのに。

なぜだ。

新たな職場で心機一転のつもりだったのに、料理も人間関係も、なにもかもうまくいかない。

自信喪失し、明日もここへ来られる気がしない。

どんよりしながら後片付けをしていると、巽さんが厨房にやってきた。

「ヒロ」

彼は俺の横に立つと、穏やかに声をかけてくれた。

「だいじょうぶか」

俺はうなだれて口を開いた。

「なにがいけなかったんでしょうか……」

「もしかして、幼児食って作った経験なかったか？」

「はい」

素直に頷くと、彼は眉間を寄せ、頭を下げた。

「そうか。それは俺が悪かった。大人とは違う注意点を事前に教えておくべきだった」

巽さんの視線が、皿に残されたオムライスに注がれる。

「トマト味のごはん、斬新で、おいしいと俺は思った。だが子供って、食に対してかなり保守的なんだ。子供たちも初めての保育園で、いろんなことに緊張してるし警戒してるから、しばらくは彼らが安心できるふつうのものでお願いしたい。挑戦的な試みは、彼らが慣れてきた頃、おやつとか、ちょっとしたもので試してからのほうがいいかもしれないな」

「保守的、ですか」

子供は好奇心旺盛な生き物だとばかり思っていた。オムライスはきっと興味を引くだろうし、日本では子供の好きな食べ物の定番だから、拒まれるとは予想もしていなかった。

食に対して保守的というのは、意外な意見だった。

「それから、けんちん汁のほうも、俺の大好きな味だったから嬉しかった。ただ、葱《ねぎ》がよくなかったと思う」

「え。葱？」

「そう。ちいさいうちは食べられない子が多いんだ」

ピーマンが苦手というのはよく聞くが、葱は盲点だった。式神にだしてはいけない食材としか認識していなかった。もしかしたら日本人の子供とここの子供では、味覚が違うかもしれないとも思った。

「あと、具はもっとちいさく切ったほうがいい。王宮のけんちん汁よりちいさく切ってあったから、配慮したんだろうと思うんだが、もっと、だ」

「……なるほど」

俺は、子供の食についての知識が圧倒的に足りない。それでなんとかなるようなものではなさそうだ。

俺は急いで紙と鉛筆を持ってきて、忘れないように書き込みはじめた。

「ほかにも、教えてください。明日はうどんにしようと思っていたんですが、気をつけることはありますか」

「そうだな……コシの強いものより、煮込みうどんのように柔らかいほうがいいかな。長さも気をつけて。子供の年齢によって噛む力も変わるから、一歳の子は歯茎で潰せるくらいすべての食材を柔らかくして、細かく刻んで、だが五歳の子にはある程度形を残して——」

巽さんは子供の食についてとても詳しかった。姉の子を養育する経験だけでなく、もっと広い知見があると感じられた。勉強したと言っていたが、文献があるんだろうか。

熱心に話を聞いているうちに、かなりの時間が経過していた。もっと知りたい。だが片付けも終わっていないし、おやつも作らねば。巽さんも仕事があるはず。

「巽さん、いまのお話は、文献がありますか」

話が一段落したあと、そう尋ねると、彼は首を振った。

「いや、ない。文献というほどじゃないが、俺がまとめたものならあるが、よかったら見てみるか」

「ぜひ」

「じゃあ、明日持ってくる」

巽が俺の肩を叩く。

「ヒロならきっとだいじょうぶだと俺は信じてるから。ほかに聞きたいことはないか？」

表情は怖いけれど、優しい言葉かけに胸がじんわり熱くなる。

まだたくさん聞きたいことはあったが、時間もないので気になっていたことをひとつだけ尋ねることにする。

「あの……子供と仲良くなるにはどうしたら……朝、誰にも相手にしてもらえなかったんですが」

「ああ……見てたが、ヒロの緊張が子供たちにも伝わったんだろうな。焦らなくてだいじょうぶ。慣れてくれば、自然と仲良くなれる」

そんなものだろうか。

わからないが、彼の低い声で言われるとそうかもなと思えてくる。

「だいじょうぶだから。焦らず、自信を持て」

彼は落ち着いた口調でそう言い、俺の肩を優しく叩いて、仕事に戻った。

彼の背を見送ったあと、俺はひとり、目頭を熱くしていた。

今日の昼食は、責められても仕方ない失敗だった。保育園の調理だとわかって引き受けたのは俺だ。俺はプロの料理人だ。子供のことは知らないなんて言いわけはきかない。それなのに彼は俺を責めず、それどころか自分が悪いとまで言って一から教えてくれた。

彼は、彼だけは俺を信じてくれている。その期待と信頼を裏切らないように、がんばらなくてはと思う。

この恩は、いつかきっと返したい。

俺は彼の助言をすぐに実践することにし、午後のおやつはおにぎりを作ることにした。

誰でも食べられる、定番のおにぎり。

昼食と被《かぶ》ってしまうが、だからといって変に工夫すると、きっとまた失敗する。

そうして作ったおにぎりは、みんな食べてくれた。特別美味しいという声もなかったが、たぶんそれでいいのだろう。

ほっとして、その後の仕事もすませると、夕方になり、子供の迎えがやってきた。

俺は叔母からも子供の食についての話を聞きたいと思い、早めに仕事を切りあげて、玄関を出た。

するとすれ違いざま、誰かの母親たちが、

「兎神が作ってくださった風邪薬、よく効いたわ」

「さすが兎神ねえ」

などと話しているのが聞こえた。

兎神、薬まで作ったのか……。

すごいな。なんでもできるんだな……。

それに比べて俺は、任された仕事も満足にできない。俺も日本の記憶があるのに、なにもできない。

鬱屈《うっくつ》した気分が胸に広がり、家に帰ってもしばらく落ち着かなかった。


翌日。俺は昨日以上に気合を入れて厨房に立っていた。

ご飯が美味しくないから保育園に行きたくない、なんていう子供が出てきたら大変だ。今日はちゃんと、みんなが食べられる食事にしたい。

今日の昼食はうどんと、ほうれん草と人参《にんじん》の白和え。午後のおやつはプリン。

育ち盛りなのにたんぱく質が足りないか。しかしウサギは草食。この国の人間に必要な栄養素って、日本人とおなじではない気がするが、どうなんだろう。まあ、いまは栄養バランスよりも、安心しておいしく食べてもらうことが先だ。

鰹節《かつおぶし》とサバ節、昆布から丁寧に出汁《だし》をとり、汁を作る。

昨日巽さんに習ったとおり、麺は柔らかく茹《ゆ》で、ちいさい子のぶんは細かく刻む。

たったひとりで黙々と作り続け、器に盛る。

「お昼、できました！」

運びに来たスタッフが出汁の香りを嗅いで、器を覗き込む。

「お、いい匂い。うどんか」

スタッフの反応はよさそうだ。

和室に配膳され、子供たちが並んですわる。当番の子の号令でいただきますとあいさつをして食べはじめる。昨日とは異なり、みんな躊躇《ちゅうちょ》せず、はふはふしながら食べだした。

温かいきつねうどん。甘く煮たお揚げと出汁の香りが湯気に乗って部屋に漂う。

「おいしい」

「おいちいね」

ウサ耳をそよそよと揺らし、頬を赤くして、ちびっこたちがにこにこしながらおいしいと言って食べてくれる。

巽さんが子供たちに言う。

「みんな、慌てないでよく噛んで食べるんだぞ」

大きい子はおかわりする子もいて、今日は一滴も余すことなく、作ったすべてを食べてもらえた。

よかった……。

満足そうな子供たちの顔を眺め、ほっとして胸を撫《な》で下ろすと、巽さんがこちらを見ていることに気づいた。目があうと、やったな、とでもいうように頷いてくれた。

俺は頬を赤くして、ちいさく会釈した。

午後のおやつのプリンも、独自のアレンジはせず、この国の街でも見かけるような、豆乳を使ったシンプルな蒸しプリンを丁寧に作ってだしたら、子供たちは大喜びだった。おかわりを欲しがる子が続出だったが、こちらはひとり一個しか作らなかったため、もっと食べたくて泣きだす子もちらほらいた。

昨日は寄り付かなかった子供が数人、俺の元へやってきて、くりっとした目で見あげてくる。

「ヒロしゃんしぇ、プリンたべたい」

「あしたも、つくって」

気弱そうに目を潤《うる》ませ、ウサ耳をしなっと倒している子、緊張して耳を後方に立ちあげている子、様々だ。

「わかった。明日もプリンな」

俺が頷くと、子供たちは一斉《いっせい》にウサ耳をピンと立て、きゃあっと喜びの声をあげて跳びはねた。

喜んでもらえて、本当によかった。

今日の成功は、巽さんの助言のおかげだ。

子供たちに話しかけてもらえたので、この機会を逃さぬようにと俺はしゃがんで、訊きたかったことを尋ねてみた。

「なあ。みんなはうちでは、なにを食べてる？」

「えっとね。ごはん」

「おかずは？」

「おみそしる。それからねー」

「タクちゃんちは、なっとうたべるんだよ」

「おみそしるの具はなにが入ってるかな。なっとうは、そのまま？　なにを混ぜる？」

ここは大人相手の王宮じゃなく保育園。求められているのは料亭の味じゃなく、子供たちの家庭の味に近いものだ。だから各家庭の様子をすこしでも把握しておきたいと考えた。

子供たちは一斉に喋りだし、満足すると、庭へ遊びに出ていった。

俺は片付けをすませると、厨房の隅にある椅子《いす》に腰かけ、朝、巽さんから借りた冊子を開いた。

それは食事のことだけでなく発達段階など、子供に関する多くのことが詳細に分類され、理論的にまとめられていた。

幼児教育の教科書のような出来栄えだ。これを見るだけで、彼がとても優秀な人だとわかる。評議衆としての仕事もこなしながらこの冊子を作製したのかと思うと、尊敬の念しかない。

真剣に読みふけっていると、スタッフのひとりが厨房の入り口から俺に声をかけてきた。

「ヒロさん。熱が出た子供がいて、その子を家へ連れていかなきゃならないんだ。それで人が足りないから、手が空いてるならちょっと子供を見ていてくれないか」

「わかりました」

庭に出ている子供たちを見てほしいと言われ、外へ出る。全体を見渡し、大人の目が届いていなそうなほうへ行った。マイム・マイムのような、神にささげる踊りを練習している四歳児の輪へ行くと、彼らに声をかけた。

「いーれーて」

笑顔は無理だが緊張は見せないように、いとこたちに接するときとおなじように、肩の力を抜いて言ってみる。すると、

「いーいーよ」

快い返事を貰《もら》えた。

仲間に入れてもらって一緒に踊っていると、巽さんもやってきた。

「俺も入れてくれー」

「いいよー」

彼は俺に目配せし、ちいさな声で、

「やったな」

と言ってくれた。そして子供に負けず劣らず、元気に跳びはねた。

三

近所の農家から、収穫したばかりの泥つきの大根を大量に頂いた。

保育園の裏手にある井戸の横で大根を洗っていると、子供がふたりやってきた。

「ねえ、ヒロせんせ、兎神のえろーす、しってる？」

「ああ」

兎神の神力のことを、ウサ耳族はえろーすと呼ぶ。

「てんぐさんのおはな、ながいよね」

「そうだな」

「あれって、兎神のえろーすでながくなったんでしょ？」

「……いや、違うと思うが……」

「でも、そうきいたよ。ピノキオのはなが、ながくなるのもえろーすだって。ナスやキュウリがながくなるのもえろーすだって」

「そうか……そうかもな……」

兎神のえろーすにかかると、なんでも可能だな……。

「バベルのとうも、ダビデのとうも、ピサのしゃとうもえろーすだって」

「モアイぞうも、ストーンヘンジも、チンアナゴもえろーすだって」

それを誰に聞いたのか。きみたち、いま言った塔も像も知らないだろ。いったいなんだと思っているのか、俺はそれが知りたい。

「いまふたりが言ったの、なんだか知っているか？」

「つきにあるんだって。すっごいんでしょ？」

「すっごいんだって！」

たしかに、すごいかもしれないが……。

「それでね、せんせ、えろーすってなに？」

うん。それ、俺も知りたい……。

「マモルせんせが、えろーすで、ごはん三ばいいけるって、いってた」

「サチせんせは、五はいだって。ヒロせんせは？」

「……俺は、ご飯のお供にはできないかな……」

俺がそう答えると、ふたりはきゃあっと笑って駆けていった。

なんだったんだ。

改めて大根洗いをしていると、しばらくしてかすかな足音が聞こえた。顔をあげると、今度はひとりの子供がこちらをじっと見ていた。巽さんの養子、三歳の茂だ。

茂は怒ったような表情で黙ったまま俺の横まで来ると、しゃがみ込んだ。そして泥のついた大根を手にとる。

「これ、あらえばいいの」

ぶっきらぼうに言って、たらいの水に大根を入れる。

保育園が開園してから二週間が経《た》っていた。初日から比べると、子供たちもだいぶ俺に懐いてきた。

茂は俺とおなじで感情があまり顔に出ないクチで、怒っているように見えても、怒っているわけではない。みんなと遊ばずひとりでいることが多い彼は、ときどきこうして俺のところへやってくる。そして黙って手伝ってくれる。

「手伝ってくれるのか。ありがとう」

声をかけると、彼は怒った顔で大根を見つめたまま、こっくりと頷く。ぷくぷくのほっぺは寒さで赤い。

ちいさな手が、たらいに浸かる。素手で大根を撫でるように洗う。

冬の朝で、水は痛いほど冷たい。ちいさな手はしもやけとあかぎれで赤く、見ていて痛々しい。大人の俺だって冬の朝に水仕事などしたくないのに、茂はひと言も弱音を吐かず、俺の手伝いをする。

「冷たいだろう。無理しなくていいぞ」

茂はちいさく首を振る。

「がんばる。ぼくは、おにいちゃんだから」

「ああ。キヨのお兄ちゃんだもんな」

ちいさな子の健気《けなげ》さに、切ないような気分になる。

俺は前世ではひとりっ子。現世では末っ子で、兄たちに甘やかされて育った。子供の頃は甘やかされた自覚はなかったが、大人になって振り返ると、甘やかされていたと思う。弟か妹がいたらよかったと、いま、思う。年下の子供の世話をした経験があれば、ここでの勤めに活かせただろう。いとこたちは俺が王宮の宿舎住まいになってから生まれたので、世話をしたことはあまりない。

保育士たちは手が足りなそうなので、調理の手が空いたときは俺も子供の世話をしているんだが、慣れていないから手間取るしミスが多い。その都度、巽さんが優しく助言してくれる。ほかのスタッフには苛《いら》ついた態度をとられることもあるが、彼は決して怒らず、辛抱強く俺に教えてくれる。

前職で、仲良くしていた仲間たちに手のひらを返すような態度をとられ、この職場でもスタッフたちに疑われ、なかば人間不信に陥っているが、変わらず手を差し伸べてくれる彼だけは信じられる。

「茂は家でも、キヨの面倒を見たりするのか」

「うん」

「偉いなあ」

大根を洗い終えると、茂の手を拭いてやり、彼の手を引いて室内へ戻った。

和室へ入ると、その刹那《せつな》、悲鳴があがった。見れば、中央の辺りにいた二歳児がほかの子のウサ耳をおもむろに摑んだのだ。

「きゃあ！　ヨッちゃん、だめよ！　なんてことするの！」

そばにいたスタッフが慌てふためいて手を離させる。そしてその子の肩を両手でつかみ、正面から諭す。

「ねえヨッちゃん、お母さんから教わってないの？　耳をさわるのは、おちんちんを人に見せるよりもはれんちなことなのよ」

周囲の大人たちが固まり、固唾《かたず》を呑んで注視する。空気の変化を察し、その子は怯《おび》えた顔で謝りだした。

この国では、他人のウサ耳をさわることは変態プレイのようなハレンチ行為だと認識されているのだが、それはこうして幼いうちから学習していくのだなあと思わされる。

俺はカブトムシは好きだがゴキブリは苦手だ。冷静に考えるとその二種類に大きな差があるとは思えない。しいて言えば、ゴキブリのほうが予測不能な素早い動きをするくらいだ。

思うんだが、幼少期、ちいさな子供にとって絶対的な存在である母親をはじめとした大人たちが、ゴキブリを見ると悲鳴をあげて大騒ぎする光景を見て、「あ、ゴキブリって大人もこんなに怖がる、怖い生物なんだ」と認識する、刷り込みに近いところもあるんじゃないか。ウサ耳をさわるのがハレンチというのは、それに似ていると思う。

ちょっと違うか？　まあいい。俺は前世の記憶があるから、ウサ耳をさわるのがそこまでとんでもないハレンチ行為だとは思わない。とはいえみんながハレンチだと思う感覚は、俺もそういう教育を受けたから理解しているし、さわったら変態扱いされるからさわろうとも思わないが。

ウサ耳騒ぎはまもなく収まり、室内が元通りの空気に戻った。俺は茂の手を離し、調理の仕事に戻ろうとしたら、茂が俺の着物の袖をつかんだ。

「ヒロせんせ」

「ん、どうした」

「せんせ、うち、きてよ」

「え？　うちって、茂の家？」

茂がこくりと頷く。怒ったような顔。だがいつもと違い、なにか言いたげな、思いつめたような目つきをしている気がした。

茂の家といったら当然、巽さんの家ということになるのだが……。

「茂」

巽さんがそばにやってきた。

「ヒロはご飯作るから、バイバイだぞ。こっちで一緒に遊ぼう」

茂が俺の袖をぎゅっとつかむのを感じた。

えーと。どうしようかな。

たしかに俺は、いますぐ調理にとりかからなくてはいけない。だがいま、茂の手を振り払ってはいけない気がした。

ひとまず俺は、巽さんに言おうと思っていたことを口にする。

「あの、借りていた冊子、やっと書き写し終えたので、今日お返しします。長々とありがとうございました」

「書き写してたんだ。けっこう分厚いのに、大変だっただろう。そこまでたいそうなものでもないと思うが」

「いえ。とても参考になりました。ところで表紙に『2』と番号が振られていましたが、もしかして、『1』があるんですか」

「ああ。食事とはあまり関係ないが、読むか?」

「ぜひ」

「じゃあ、明日持ってくる」

頷きかけて、俺の袖をつかむ茂が視界に入る。あ、と思い、考えるより先に口が開いた。

「あの。もしよろしければ、今日の仕事帰りに巽さんのご自宅まで取りに伺ってもいいですか。すぐに読みたいですし、それからその、茂に招待されまして」

巽さんが意外そうに茂へ目を落とす。

「そうなのか。茂、おまえな……。だが、ヒロ、いいのか」

「もちろんです。本来ならいまお借りしているのも、俺が預かりに伺うべきだったと思ってますし。お礼もしたいと思っていたので」

「礼なんていいが。だが、まあそういうことなら、来てもらうか」

俺は頷き、茂を見下ろした。

「聞いてたよな。今日、茂んちに行くぞ」

茂が眉間にしわを寄せて頷いた。

そういう流れでその日の仕事を終えると、巽さんと五人の子供たちと一緒に彼らの家へむかった。

そこは王宮の近く、閑静な佇《たたず》まいの屋敷が並ぶ一角だった。平屋の広い一軒家。立地といい家の佇まいといい、俺のような庶民とは身分が違うのだと改めて感じる。

「そういえば巽さん、ほかにご家族は」

「いない。六人でここに暮らしてる。どうぞあがってくれ」

ほかに家族や同居人がいるなら、冊子を借り、茂の相手をすこしして失礼しようと思っていたが、そうでないなら。

「あの……お礼と言ってはなんですが、夕食、作りましょうか」

そう提案してみたら、子供たちよりも巽が目を輝かせた。

「え、いいのか」

「はい。食材、買ってきますね。なにが食べたいですか」

「ヒロが作ってくれるものならなんでもいい。必要なものがあるなら俺が買ってくる。米も野菜もけっこうあるから、ちょっと見てくれ」

台所を覗《のぞ》くと、ひととおりのものが揃っていた。調理道具も、野菜や調味料もじゅうぶん。リクエストがないなら、買ってくる必要はなさそうだ。すぐに米を炊く支度にとりかかる。

それから野菜を切ろうとし、いまさらながら気づくことがあった。

家族や同居人がいないなら、これから巽さんが自分で食事を作るのだろうと庶民の俺は当然のごとく思い、食事作りを申し出てしまったのだが、評議衆の家だったらお手伝いの人がいるのではないか。

「あの、俺、よけいなことをしてないですか？　だいじょうぶですか？　お手伝いさんがこれから来る予定とか……」

言いかけたら、巽さんがとんでもないと大きく首を振った。

「いやいや。お手伝いさんはいない」

「じゃあ、いつも巽さんが？」

「ああ。料理というほどのものはできないから、毎日雑炊だ。二年前までは姉がやってくれていたんだが」

「二年……だれにも頼らずに、五人を育ててきたんですか」

まさかと思い尋ねたら、肩をすくめて返された。

「まさか。保育園ができるまでは、子供たちは隣家に預かってもらったり、人を雇ったりしていた」

そうか。

巽さんは人に預けることができたけど、できない人もいるだろうな。そういう人のためにも、保育園ができてよかった。

子供たちは俺が来たことで、妙なテンションではしゃいでいる。包丁を持つ俺の周りでふざけだしたので、巽さんが子供たちを厨房から追いだした。

「ほら、おまえらは、座敷のほうで遊んでいてくれ」

五人のうち、四人が和室のほうへ移動していく。しかし茂だけが、俺の横にぴったりと寄り添い、離れようとしなかった。

「茂」

俺が見下ろして声をかけると、茂は正面にあるかまどの火を見つめたまま、小声で呟いた。

「あのね。きいたんだ」

「うん？」

「ぼくとキヨは、ここんちのコじゃないんだ」

「え？」

「タッちゃんのコでも、ミヨちゃんのコでもないんだって」

タッちゃんというのは、巽さんのことだ。ミヨちゃんというのは、巽さんの亡くなったお姉さんのことだろうか。

「……どういうことだ……？」

「ほんとうは、ちがううちのコなんだって」

突然の告白に戸惑う俺に、茂はこぶしを握り締め、思いつめた顔で言う。

「おかあちゃん、ぼくたちがきらいになっちゃったんだ。だから、いなくなっちゃったんだ」

炎を見つめるつぶらな瞳に、うっすらと涙が盛りあがる。

「だからぼくが、おにいちゃんだから。キヨのおにいちゃんだから、がんばらないと。キヨをまもらないと」

驚く俺の視界の端で、和室へほかの子を追いやっていた巽さんがこちらを振り返り、苦い顔をした。

深いため息をつき、ぼやく。

「ったく誰だよ言ったの。いくらよくあることだって、子供は傷つくのにな」

彼はぼやきながらゆっくりとこちらに歩み寄り、茂の前にしゃがんだ。目線をあわせ、力強く言う。

「いいか。おまえの母さんは、おまえたちがきらいになったわけじゃないぞ」

茂が堪《こら》えるように顔をゆがませた。その拍子に涙が頬を伝う。

「じゃあ、なんでいなくなったの」

「それは、俺は聞いていない。なにか事情があったんだろ。だがな。絶対、おまえたちがきらいだったわけじゃない。絶対だ。それは信じろ」

巽さんがゆっくりと両手を伸ばし、茂の肩を抱き寄せた。

「おまえもキヨもほかのやつらも、みんな俺の子だ。それじゃダメか」

茂は無言で巽さんを見つめ、俯いた。

巽さんは困ったように眉を寄せ、和室のほうをちらりと窺《うかが》い、それから声を潜めて言った。

「あのな。あいつらの母さんは死んだんだ。どんなに会いたくなっても、もう会うことはできない。だがおまえの母さんは、いまは会えないが、どこかで生きているかもしれないんだ。いつか、会おうと思ったら会えるかもしれないいんだ」

茂が顔をあげた。

「あえる……？」

「ああ。どうだ。そう思うと、希望があると思えないか」

茂が食い入るように巽さんを見つめた。

「ものごとはなんでもな、ちょっと見方を変えるだけで、百八十度変わる――なんて、茂にはまだ難しいかな。だが、そうなんだ」

「シゲル」

和室のほうから、五歳の陽介《ようすけ》が茂を呼んだ。

「シゲルはぼくのおとうとだよ」

陽介は真剣な顔で、そう告げた。話を聞いていたようだ。そしてたぶん、年長の陽介は事情を知っているのだろう。

「ほら、茂。一緒にむこうへ行こう。ヒロが美味しいご飯を作ってくれるから、待っていよう」

巽さんは茂を抱っこして和室のほうへ行った。

俺はそれを見送ったあと、切ない気分を抱えて料理を再開した。

評議衆のような人の家でも、いろいろあるんだな……。

保育園ではださない、ちょっと手の込んだ煮物や天ぷらなどを作り、和室へ運ぶ。

そのときには茂もいつも通りに振舞っていて、ほかの子と遊んでいた。

「わあ、すごい」

「ごちそうだ」

子供たちは笑顔で美味しそうに食べてくれた。茂の件で、家族だけで話したいこともあるかもしれないし、俺は帰るべきかと思ったが、全員に誘われ、とくに巽さんに強く引きとめられ、相伴にあずからせてもらった。

わいわいと賑やかな食事を終えたあとも、なんだかんだで子供たちが寝る時刻まで長居してしまった。

おせっかいかもと思いつつ、明日の朝食の準備をする。ちょうどそれを終えたところで、子供たちを寝かしつけた巽さんが台所を覗いた。

「ありがとう。もういいから、こっちにすわってくれ」

巽さんが土間に足を下ろし、畳にすわる。その横にすわるよう促され、俺は遠慮しつつ、彼のとなりにすわった。

「茂と清は、近所に住んでた人の子供なんだ。茂の話の通り、失踪してさ」

今日は悪かったな、と前置きして、巽さんが事情を話した。

「近所というだけで俺とはなにも関係ないんだが、姉と親しくしていて、陽介の面倒をみてもらったりもしていた人でさ。その人が失踪するのと同時期に姉も死んで、なんとなく成り行きで、三人も五人も一緒だって感じで俺がまとめて預かったんだ。たぶん、近所の大人の誰かが、その話をしているのを茂は聞いたんだろうな……それを誰かに聞いてほしくて、ヒロに話そうと思ったんだろうな」

以前、高志と茂の年齢が三か月差ということに引っかかりを覚えたが、そういうことかと合点がいった。

「そうだったんですね……」

なぜ茂が俺に話そうとしたのかわからないが、俺が園で孤立気味だったり、無表情だったりするところにシンパシーでも感じたのかもしれない。

事実を知ったとき、ショックだったろうなと思う。あのちいさな胸に傷を抱えて、三歳なりに弟を守ろうと考えたなんて、泣けてくる。

そして、そんな彼に希望を持たせた巽さん。

その発想の転換の仕方は、傍《そば》で聞いていた俺もハッとさせられた。そもそも無関係な子供を養うとか、俺の発想にはない。

「巽さんはすごいですね」

素直にそう思い、口にした。

「俺だったら、茂にあんなふうには言えないです」

「あれは、どうだろうな。とっさに、その場しのぎに言ってしまった。模範解答はわからないが、まあ、あれで茂が救われてくれたなら、よしとしようか」

俺は頷き、それからもういちど、すごいですと告げた。

「さっきのことだけじゃなくて。子供たちの面倒を見て、保育園で子供たちを見て、評議衆の仕事もこなして」

「べつにすごくない。与えられた仕事をこなしているだけだ。すごいというのは、陛下みたいな人のことを言うんだ。あの人は、超人だ」

そこまで言って、顔をしかめる。

「兎神のことになるとイカれるところはどうにかしてほしいが」

たしかに。

「俺ももっとああできたら、こうできたら、なんて思うこともあるが、陛下みたいにはできない。とても及ばない」

彼もなにか思うところがあるのか、自分にむけて語るように、静かに語る。

「陛下に比べたら、俺は凡人だ。どう考えても超人ではないし、限られた能力しかない。だから、自分にできる範囲のことを精いっぱいやってる」

告げられた言葉が、矢のように胸に刺さった。

巽さんは陛下と能力を比較することがあるようだと感じた。そして、俺は度々、兎神と自分を比較して落ち込んでいる。

前世の日本人としての記憶があったにもかかわらず、兎神が来る前年の凶作のとき、俺はなにも行動できず、飢餓で死んでいく仲間たちを助けることができなかった。

その悔しさが、自分の不甲斐《ふがい》なさが、自分の中で折り合いをつけられないんだ。

自分と違い、どんどん国をよくしている兎神に対する憧れや焦り、自分の無能さ。そんな思いにとらわれがちだったが、それはものすごく無意味なことだと、巽さんの言葉を聞いたいま、気づかされた。

能力の違う他人と比較しても、焦りが生じて空回りするだけだ。俺は、俺ができることを、自分のペースで精いっぱいすればいいのだ。

憑《つ》き物が落ちたように、晴れやかな気分でそう思えた。

ふいに、巽さんが穏やかな表情を俺にむけた。

「ヒロも、そうだろう。いや、ヒロのほうが俺よりずっと、王宮でも保育園でも、いつもまじめに一生懸命やってる」

「え。俺は……」

「謙遜するなよ。俺は知ってる。王宮で、自分の仕事じゃない下働きの仕事も、頼まれたわけでもないのに進んでやっていただろう。保育園でも、保育の仕事は頼んでいないのに、手が空くといつも手伝ってくれるし、勉強まで熱心にしていて。感心するし、尊敬する」

尊敬するなんて言われて、俺はどぎまぎしてしまった。

俺がしていることなんて大したことじゃない。それでも、きちんと見てもらえていることが嬉しいし、評価してもらえて、とても、嬉しい。

この人のそばにいられたら、俺は不必要に自己卑下したり落ち込むことなく前向きでいられそうな気がした。

巽さんは一見怖そうだけど、言葉はとても優しく温かい。

この人の考え方や空気感が、とても好きだと思った。

四

翌日保育園へ行くと、子供たちが三人、俺をとり囲んだ。

「ヒロせんせ、『えにかいたモチ』つくって」

「つくってー」

「……絵に描いた餅？」

「うん。すっごいんでしょ？」

「すっごいんだって！」

えっと……。なにが？

絵に描いた餅のなにがすごいんだ？　むしろすごくない役立たずの代名詞なんだが。

子供たちは期待に満ちたきらきらした瞳で俺を見あげてくる。

そんな無垢《むく》なまなざしで見つめられたら期待に応えないわけにはいかないと思うのだが
……なにを期待されているのかわからない。ここではもち米を栽培していないから、子供たちは餅を見たことがないはずだし。

「絵に描いた餅の、なにがすごいんだ?」

俺が尋ねると、子供たちはきゃあっと笑いながら駆けていった。なんなんだ。

子供って、時々わけわかんないよな。

気をとり直して厨房へ行き、おやつの準備をしていると、ふたたび先ほどの子供たちがやってきて、戸口から顔を覗かせた。

「ヒロせんせー」

「今度はなんだ?」

「スッポンたべてみたい。つくって」

「……スッポン?」

「うん。すっごいんでしょ?」

「すっごいんだって!」

えっと……。今度はたしかにすごいかもしれない。だが。

「スッポンは、きみたちには、ちょっと早いかもしれない……」

そう答えつつも、すこしだけなら野菜スープの出汁にできるかな、とまじめに考えているうちに、子供たちはふたたびきゃあっと笑って駆けていった。

遊ばれてるのかな、俺。

まあいいけど。懐いてくれているようなので、嬉しい。

わけはわからないが可愛いよなと、頬を緩めつつ支度をする。しばらくすると、勝手口を叩く音が聞こえた。やってきたのは業者だ。いつもの人ではなく、たまに臨時で来る人だ。事前に用意していた注文書を手渡す。

「もしスッポンが手に入ったら、教えてください」

ついでにダメもとで頼んでおく。リクエストには可能な限り応えたい。

業者が帰ってすぐ、ふたたび勝手口を叩く音がした。そこを子供が利用することはない。

「はい。開いてますからどうぞー」

てっきり、さっきの業者がなにかの用事で戻ってきたのだろうと思って軽く声をかけた。だが勝手口を開けて入ってきたのは長い黒髪をひとつに束ねた小柄な人。兎神の補佐で、キユウリの式神と呼ばれる人だった。その後ろにはお付きの人もいる。世話係の十四朗さんだ。

この式神は以前は翼があったので日本人ではないが、ウサ耳はなく、日本人っぽい容姿だ。船旅をしていたときに嵐にあい、ここへ漂着したらしいんだが、庶民には詳しいことは知らされていないというか、月から来たということになっているので、俺も彼の本当のルーツについては知らない。彼もウサ耳族と同様に日本の文化を微妙に間違って認識している。

しかし式神がどうしてここに。

驚くとともに、兎神との冤罪の一件があったから、警戒心が湧く。

ツイてないことには自信があるんだ。また誤解を生む事態になったらたまらない。

身構える俺に、式神が言った。

「突然失礼する。ここはこびとの靴屋ではないのか」

はい？

「靴屋？　こびとの？」

「違うのか」

「はあ……見ての通り、子供を預かる保育園の厨房ですが……」

戸惑いながら答えると、式神は後ろを振り返り、小声でとがめる。

「ほら十四朗、やはり違うじゃないか」

「申しわけございません。たしかここだと聞いたのですが……」

式神が俺に顔を戻す。

「この辺に、こびとの靴屋があるらしいのだが、ご存じだろうか。そこで売っている赤い靴を履くと、靴が勝手に踊りだし、うまく踊れるらしいのだが」

こびとの靴屋と赤い靴……なんか話が合体している気がするが。まあ、スルーしておくべきなんだろう。

「俺は聞いたことはありませんが……赤い靴があるかわかりませんが、履物屋でしたら街のほうにあるかと」

「そうか。失礼した」

「ところで、なぜ赤い靴を？」

「いやなに、今度余興で踊りを――ん？」

式神の視線が俺の背後でとまった。

「そ……それは」

式神が見る間に頬を紅潮させ、ごくりと喉を鳴らす。

なんだろうと彼の視線を追って振り返ってみるが、そこには業務用の大きな鍋があるだけだ。

「それは、どこで入手したものだ？」

「それって、この鍋ですか？」

「ああ」

式神が興奮で震えるように頷く。

「俺が買ったわけではないのですが、これは、金物屋ですかね。大きいので特注で作ってもらったのかもしれません」

「ちょっと……さわっても、いいだろうか」

「かまいませんが」

鍋は式神が入れそうな大きさだ。俺は両手で持ち、式神の前へ持っていった。

「うは……すごい」

式神は妙な声をあげ、目をキラキラさせて鍋を覗き込む。先ほどの子供たちとおなじような、純粋で熱いまなざしだ。

業務用ででかいが、それ以外にはなんの変哲もないアルミ鍋なんだが、なにがすごいというのだろう。

「綺麗できらきらしてて大きさもいい……すっぽり入れそうだな」

「はい？　すっぽり？」

式神の背後で、十四朗さんがたしなめるようにささやく。

「九里《きゅうり》様。九里様には、ご自身で作った針金の籠《かご》がいくつもあるではありませんか」

「そうだが……これも魅力的で……入ったら気持ちよさそうじゃないか……」

式神はそこまで呟くと、俺の怪訝《けげん》な表情に気づいたか、ハッとして姿勢を正した。

「いや、失礼した。貴重な情報をありがとう。邪魔をした」

名残惜しそうに鍋にちらちらと視線を送りながら、彼は帰っていった。

なんだったんだ、いったい。

式神が来たことは、巽さんに報告しておいたほうがいいだろうと思い、おやつの準備を終えると子供たちのいる和室へむかった。

しかし和室にはいなかった。スタッフから庭にいると聞き、外へ出てみると、彼は生垣のところで穴を掘っていた。

「巽さん」

声をかけると、彼は手をとめ、腰を伸ばした。

そばまで行き、式神の来訪を報告する。それを聞いた巽さんは首を捻《ひね》った。

「ああ……兎神の誕生日があるからな。式神ふたりで踊りを披露するって話だったな。しかし、なにを勘違いしたんだろうな。こびとの靴屋なら、売っているのはガラスの靴と、羽《は》衣《ごろも》だろうに」

え。

靴屋なのに羽衣を売る、というツッコミはいいとして。

「こびとの靴屋、あるんですか」

「もちろんここにはないが。月の国にあるって話だ」

月の国というのは日本のことだが。

誰情報だよそれ。

俺はどう返事をしたらいいかわからず、はあ、と間抜けに呟いて、彼の掘った穴へ目をむけた。穴の横には椿《つばき》の苗が一本置いてある。

「垣根、増やすんですね」

保育園の垣根は椿だ。ちょうどいまが花の時期で、ぽとぽと落ちている。

園は作られたばかり。垣根もまだ植えたばかりで育っていないから木々の隙間がけっこうある。巽さんが掘った場所はとくに間が空いていて、そこからむこうへ行こうとする子供がたまにいる。

垣根のむこうは畑だし、日本と違って自動車は走っていないから、そこまで危険でもないんだが、なにがあるかわからないから気をつけないといけない。

「ここ、一本増やしたほうがいいと思ってな」

巽さんが苗木を植えつける。

「持っていましょうか」

「助かる」

苗木の植え付けを終えると、巽さんは全体のバランスを見るように眺め、それから木々に手を伸ばした。

「おまえらも、早く大きくなれよ」

子供ではない。巽さんは椿にむけて話しかけていた。バケツやシャベルを片付けようと身を屈《かが》めていた俺は、その姿勢のまま彼を見あげた。

彼は俺の視線に気づいたようで、こちらを見て、睨んできた。

「なんだよ。木に話しかけてるって、おまえも笑うか」

「いえ」

俺は身を起こし、慌てて首をぶんぶん振った。

「俺も、話しかける派です」

巽さんが、睨むのをやめた。

「ヒロもか」

「王宮の裏門の松とか、いつも、あいさつしてます」

「ああ、あれか。俺たちよりも長生きしている、立派な松だな。ものすごく、生命力にあふれているやつ」

「はい」

「あれは、話しかけたくなるよな。俺もそうだ」

「巽さんも、そうですか」

「ああ。人に聞かれると笑われる。だが木も生きてるだろ。言葉が通じなくても、気持ちは通じる気がする」

俺は息をとめた。胸が沸き立つ。

「……そうですよね。そうなんですよね、木に話しかけると、どうしてみんな笑うんでしょうね。猫や犬に話しかけても笑わないのに。木だって生きてるんだから、話したっていいですよね。そう思うけど、笑われるのが恥ずかしいから人がいないときにこっそり話しかけるんですけど」

勢いよく喋ってしまう。

巽さんはそれをおもしろそうに聞いてくれる。そして、

「わかる」

と大きく頷いて共感してくれた。

「……」

嬉しい、と思った。

彼が俺とおなじ感性を持っていることが嬉しくて、俺は自然と笑みを零《こぼ》した。身分の違いは歴然としてあるが、心の距離が縮まった気がする。学生時代、それほど話したことのなかったクラスメイトとひょんなことから話があい、その日からいっきに親友になったことがあったが、そんな感覚だ。

気がつけば、巽さんが俺の顔をじっと見つめていた。ちょっと驚いたような様子。目があうと、焦ったようにそらされた。なんだろう。

まあ気にするほどのことでもなさそうだ。俺は改めてバケツとシャベルを抱えた。それを納屋へ運ぼうとしたら、巽さんが片方を持ってくれた。一緒に歩きながら、そういえば、と話しかけられる。

「厨房の物品で、欲しいものはあるか」

俺は厨房を思い浮かべて頭を巡らせた。仕事の必要物品のことなので遠慮なく口にする。

「そうですね。手ごろな大きさのザルが、もうひとつあるといいです。それから――」

いくつか要望をだすと、彼がすこし考えてから、訊いてきた。

「それは、使い勝手とか、自分の目で見て確かめたほうがいいものだな」

「そうですね」

「明日、休みだろう。欲しいものがあるから街へ行こうと思っているんだが、一緒に行かないか」

俺は驚いて彼を見あげた。俺の表情を見て、彼が付け加える。

「用事があるなら、無理にとは言わないが」

俺は息を吸い込み、即座に告げた。

「行きます」

誘ってもらえたのが嬉しくて、俺はウサ耳をピコピコ揺らしてしまったかもしれない。

シャベルとバケツを納屋に片付けながら約束し、時間を決めて別れた。

仕事の道具を買いに行くだけなのだが、巽さんとお出かけと思うと、なんだかとてもわくわくしてしまった。


翌日は異常に早く目覚めてしまい、時間を持て余してしまった。落ち着かない気持ちでいつもの茶色の着物を着て待っていると、約束の時間に彼が迎えに来てくれた。

巽さんもいつもと変わらぬ紺地の着流し姿。だがなにかがいつもと違う気がする。

違和感の正体にはすぐに気づいた。髪型だ。いつもより、すこし短くなっている。

「行こうか」

「はい」

歩きはじめてもじっと見つめていたら、彼が横目で睨んできた。

「なんだ」

「髪、切ったんですね。素敵です」

ストレートに褒めたら、彼がややうろたえたように目をそらした。それからじわりと耳が赤くなってくる。

「これは、昨日仕事帰りに評議所へ寄ったら、ナスの式神に会って。練習に切らせろと言われて」

ウサ耳族の髪は長く伸びないため、散髪の文化はない。

散髪した巽さんは、あか抜けたというか、怖さが和らぎ、柔らかい雰囲気に仕上がっている。いい感じだ。

「いいですね。似合ってます」

彼の耳はますます赤くなっていく。

「お世辞はいい」

「お世辞じゃないです。本当に、素敵ですよ。柔らかい感じになって、格好よさが増したというか」

お世辞と思われたくなくて、つい必死に褒《ほ》め言葉を重ねたあとで我に返り、俺も恥ずかしくなってしまった。けっして嘘じゃないんだ。嘘じゃないからこそ、本音を晒《さら》し過ぎて恥ずかしい。格好いいとか素敵だとか……本人にむかって、俺、なに言ってんだ。

「そうか。ありがとう」

巽さんが赤い顔をしてぶっきらぼうに言った。

彼の照れている顔が、可愛いと思った。

怖い顔なのに可愛いなんて、変かな。だがそう感じたんだ。

「今日は、子供たちは」

「隣家に預けた」

子供たちのことなど他愛のない話をしながら肩を並べて歩く。

巽さんの欲しいものというのは子供のおもちゃで、子供向けの玩具屋《おもちゃ》が近場にあるのでまずそちらへむかった。

子供向けの玩具屋とわざわざ言ったのは大人向けの玩具屋もあるからで——いや、その話はいいか。

巽さんはままごと道具やボールなど、俺の意見も聞いてくれながら見繕《みつくろ》う。購入したものは後日保育園へ届けてもらうように手配し、次に調理道具を求めて金物屋へむかった。

金物屋は街の中ほど。店に入ると、店内に見覚えのあるふたりがいるのに気づいた。キュウリの式神と世話係の十四朗さんだ。ふたりとも大きな鍋を抱えて検分している。

「九里様」

巽さんが声をかけると、式神が顔をあげた。

「赤鬼殿。奇遇だな」

「本当に。九里様がこのような店に、なにをお求めに」

「鍋だ。案ずるな。ちゃんと自分の小遣いで買う。国庫に負担はかけない」

「いえ、それは心配しておりませんが」

式神は店の主人に、中に入ってみてもいいかと確認し、床に置いた大鍋の中に膝を抱えて入った。

真剣な表情だ。

「どっちがいいと思う、十四朗」

「そちらのほうが軽くて持ち運びがしやすそうな気がします」

十四朗さんも真剣に助言をしている。いったいなにに使うんだ。

キュウリの式神は鳥の血が混じっているようで、きらきらしたものを集める癖があるという噂を聞いたことがある。鍋もきらきらしているが……鍋に入ってどうするつもりなんだろう。

自分から鍋の具になるつもりなのかな……。

鍋を検分している式神の横で、巽さんが十四朗さんに話しかけた。

「そういえば、昨日はこびとの靴屋の赤い靴を探していたと聞いたが」

「はい。そうなのです。けっきょく見つかりませんでした」

「それなんだが、こびとの靴屋にあるのはガラスの靴と、羽衣の間違いではないだろうか。ここではなく月にあると。俺はそのように佐衛門殿から聞いたが」

「羽衣？」

「神々にしか見えない服のことだ。神々の目には、素敵な服を着ているのがわかる。しかし人間には見えないから、裸にしか見えないらしい。それを着ると、なぜか街中を行進したくなるとか」

神々にしか見えない服……。羽衣じゃないだろそれ。たぶん、裸の王様の話がねじ曲がって伝わったんだろうなと思いながら聞いていると、十四朗さんがハッとしたように目を見開いた。

「つまり、それを九里様がお召しになられたら……下々の我々には、九里様の裸が見えてしまうということですか……？」

「まあ、そうだな」

「それで、街中を行進……」

十四朗様がわなわなと震えだす。

「いけません。そんなふしだらな店、断じて廃業させるべきです！」

「いや、ないから」

式神が鍋に入りながら、落ち着いた様子で突っ込んだ。

「神にしか見えない服を売る店なんて、俺は知らない」

「本当ですか」

「ああ。あ、でも待て。もしかしたら兎神たちがいたところには、あるのかもしれないが」

「それは由々しき事態です。もし兎神がそれを取り寄せたりしたら……いますぐ兎神に確認に参りましょう」

「え」

十四朗さんが式神を抱え、鍋からだす。

「待ってくれ。この鍋を買うから」

式神は店の主人に金を払うと、嬉しそうに鍋を両手に抱えた。

「私が持ちましょう」

「いや、自分で持ちたい。赤鬼殿、お先」

式神は十四朗さんを連れ、にこにこして店を出ていった。

二日続けて出会うとはびっくりだった。そして不運が起きなくてよかった。

彼らを見送ったあと、俺は必要なものを店主に言い、それを確かめてから巽さんに買ってもらった。

　用事を済ませて店を出ると、巽さんが足をとめ、俺を見下ろした。

「まだ時間があるなら、なにか食べていくか」

　俺は頷いた。

「そうですね」

「なにがいい。ヒロのおすすめの店とか、あるか」

「ええと、なにが食べたい気分ですか」

　あれこれ言いあいながら街を歩く。

　なんだかこれってデートみたいだ。

　そう思い、直後、そんなことを思った自分にあたふたした。

　なにを考えているんだ。俺たちの関係も、買い物の目的も、そんなんじゃないだろ。

　慌てる思考を断ち切るように、前方の焼きまんじゅう屋からいい匂いが漂ってきた。

　巽さんもそちらに目をむける。

「焼きまんじゅうか。いい匂いだな」

「ですね」

　ということで焼きまんじゅうを食べることになった。

　店内は満席で、店前の縁台に並んですわる。しばらくしてお茶と焼きまんじゅうが運ばれてきた。

こぶし大の蒸したまんじゅう生地を四つ、串に刺したものに、甘辛いみそだれをかけて焼いたものだ。焼きたては香ばしくてうまい。

最近できたばかりの人気店のようで、食べているうちに店はさらに賑わってきて、行列ができるほどになった。

「すみませんが、相席よろしいですかねえ。混んできちまって」

店員に声をかけられた。店員の後ろには客がふたり。ひとつの縁台に四人ですわれということだ。巽さんが俺のほうへ席を詰めてスペースを開けた。

巽さんと、肩や腕が触れあう。

縁台にすわれるのは大人四人。茶や皿を置くスペースを考慮するとぎゅうぎゅうになってしまうのはわかるんだが、でもあの、すごく、近いんですけど……。

横にずれ、身体を離そうとしたら肩に腕をまわされてとめられた。

「おい。そんなに端へ行ったら落ちるんじゃないか」

離れるつもりが、逆に密着する形になってしまった。うわわ。

巽さんの香りを感じるほどの距離。意識したら妙に頭がのぼせてしまって、焼きまんじゅうの味など感じなくなってしまった。

こういう接触って、俺、慣れてなくて。

前世ではモテない男だったから、おつきあいどころかデートもしたことがない。そういえば前世の頃は女性が好きだったが、ウサ耳族になってからは、あまり性別に頓着《とんちゃく》しなくなった気がする。なにしろウサ耳族は、男女とも容姿に差がない。女性も髪が短くて逞《たくま》しいし、胸が膨らんだりもしないんだ。

性別に頓着しなくなったとはいえ、それでもやっぱり特別誰かを好きになったことはなかった。ウサ耳族の奔放な性事情についていけないせいだと思っていて——って、ちょっと待て。

俺はなぜ突然、自分の恋愛遍歴について語りはじめているんだ。

べつに、そんなシチュエーションでもないじゃないか。

焼きまんじゅうを食べて、となりの人と肩が触れあっただけ。恋愛とは無関係だろ。

こういう接触に慣れてないって、どういう接触だよ。

たしかに焼きまんじゅうを食べているときにとなりの人と肩が接触したのは初めてだが、混雑した祭りのときとか、他者と接触したことなんていくらでもあるだろ。

肩にまわされていた巽さんの腕は、もう離れている。恋愛的な感情から抱き寄せられたのではないことくらい、考えなくてもわかる。

それなのに、なにを必死にバクバク動いているんだよ俺の心臓。すこし落ち着け。

勝手に変な勘違いをするな。

いままでだったら、こんな状況のときは、ツイてないなあ、狭いなあとしか思わなかっただろ。

巽さんと俺は、そんなんじゃない。

たとえ願っても、そんなことにはならないんだ。いくら誰かれかまわずのウサ耳族だって、身分違いの相手は誘わないものだ。暗黙の了解ってものがある。

いま俺がこんなことを考えていると知れたら、巽さんはたぶん引く。分不相応なくせにと軽蔑されるかもしれない。距離を置かれるかもしれない。

そう諭してもなかなか落ち着こうとせず、過剰に働く心臓を持て余しているうちに焼きまんじゅうを食べ終えた。

店員に声をかけ、立ちあがる。店の前の通りは人通りが増えて、混雑していた。荷車も多く走っている。

いつもは考えたことのないあれこれで意識が散漫になっていたのか、俺はむこうからやってくる荷車の前にふらりと出てしまった。

「ヒロ！」

巽さんに手を強く引っ張られた。ハッとして立ちどまる。危うく、荷車にぶつかるところだった。

「びっくりした。気をつけてくれよ」

「す、すみません」

巽さんがほっとしたように息を吐き、歩きだす。俺の手は、握られたままだ。

「あの」

「なんだ」

「……いえ」

手を繋いだまま雑踏を歩く。

道が混んでいるから。俺が危なっかしいから、子供の引率のような感覚で手を引いてくれているんだろう。それ以外に意味はないとわかっている。

それでも、繋がれた手を意識せずにはおれない。

これがただの友達だったら、俺はすぐに手を解《ほど》くだろう。なのにどうして俺はそうしないんだろう。

心臓が痛いほど激しく打ち続けている。頬が熱い。繋がれている手のひらも汗ばみそうだ。

たぶん、デートみたいだなんて思ったのがいけないんだ。それがあとを引いているだけで、すこし経てば落ち着くはず。

そう思ったのだが、心臓の過剰反応は予想したよりも長いこと続いた。

五

寒いけれど子供たちは庭で元気に遊ぶ。今日は手が空いた時間、ちいさな子供たちと一緒に鶏小屋にいる鶏を観察した。

「ヒロしぇんしぇ、トリさん、コッコッて、ないてるよ」

「そうだねえ」

「ニワトリさんは、なに、たべるの？」

「んー、麦とかとうもろこしとか」

「はっぱも、たべるよね。きのう、みたよ。ここにはえてたの、たべてたよ」

「そうだな。庭の雑草も好きなのかもな」

小屋の前にしゃがみ込んで、飽きずに鶏を見つめている子供たちが可愛い。

平和だなあとまったりしていると、垣根のほうにいる巽さんが目に入った。

つい、見てしまう。その場にいないと、無意識に探してしまう。

一緒に買い物に出かけてからというもの、彼のことをそれまで以上に意識している自分がいる。

べつに、恋愛感情とかそういうことではない。尊敬する人だから、気になるだけだ。そういうことの、はずだ。

そんなことを思っていると、背後の縁側のほうから聞き覚えのあるフレーズが聞こえてきた。

「——お腰につけた、吉備団子、ひとつ私にくださいな」

振り返ってみると、スタッフのひとりが縁側にすわり、年長の子供たち相手に紙芝居を話して聞かせていた。

「桃太郎は雉《きじ》に吉備《きび》団子をひとつ、あげました」

スタッフが紙をめくる。すると目をハートにした雉の絵が出てきた。

「吉備団子を食べた雉は元気モリモリ。興奮して桃太郎に抱きつきました」

ん？　抱きついた？

熱心に聞いている子供のひとりが質問した。

「せんせー、キビダンゴって？」

「これはね、媚薬《びやく》だよ」

「ビヤクって？」

「これを食べると気持ちよくなったり、興奮したりするんだ」

いや、ちょっと待て。

待ってくれ。

吉備団子はその名の通りキビの団子で、媚薬じゃないんだ。それは正しい桃太郎じゃないんだと声を大にして言いたい。しかし、この国ではそれが正解で共通認識。こんな子供に媚薬を教えるなんてとも思うが、ここの国民の場合、早期性教育は必要だろうし……。

言いたいけれど言えず、悶々《もんもん》としているうちに話が進む。はっきりとした描写は控えてあったが、桃太郎は鬼とエッチして仲良くなったという結末だ。

子供の頃この話を聞いたとき、前世で聞いた正しい桃太郎の話と混乱したのを思いだした。いま聞くと、鬼を殺す残酷な描写より平和なエンディングで、ここの国民にはあっているのかなと思わなくもない……。エロは剣より強し……。

「せんせい、『ウサギガミでんせつ』もよんでー」

「はいよー」

兎神伝説？　俺がちいさい頃はそんな話聞いたことないが、どんなのだろう。

「昔々、ウサギとキツネとサルが疲れ果てた王に出会いました。キツネは魚、サルは木の実を王にあげました」

あれ、これって月ウサギの説話じゃないかと思って聞いていたら。

「ウサギは『私を食べてください』と、なんと、そ、その身を、差しだしました…！」

語り手のスタッフは、そう言いながらなぜか興奮したように顔を赤らめた。

うん？　なにを想像しているんだ？　ここは言葉の通り、自分を焼いて食べてくれってことだったよな。

「ウサギは兎神の姿になりました。兎神に抱きつかれた王はメロメロ。王は力をとり戻し、国も豊かになりましたとさ」

これは……食べてくださいの意味を完全に誤解しているよな……。

いや、もうなにも言うまい……。

ついそちらに気をとられ、自分の周囲にいる子供たちへの注意が薄れた。

「あ！」

コケーッという鶏の鳴き声と物音。それから子供の叫び声にハッとして顔を戻すと、鶏小屋の扉が開き、鶏たちが外へ飛びだすところだった。雑草を手にした子供がびっくり顔で固まっている。草を食べさせようとして扉を開けたのだろうか。

慌てて元に戻そうとしたが、俺が手を伸ばすより先に鶏たちは小屋から出てきてしまった。

鶏は全部で六羽。それぞれ四方八方へ駆けていく。ひええ。

「鶏が脱走しました！　捕まえてください！」

「うわっ」

「ニワトリしゃーん、まってー」

スタッフも子供も騒然となった。

追いかけても鶏のほうが素早い。いける、と思ってタックルしていっても、するりとかわされる。

垣根の外へ逃げられたら、子供を置いて追いかけるのは不可能。なんとしても庭で確保せねばと、ドタバタと追いかける。

「ヒロ、慌てず、後ろからそっと近づけ」

一羽捕まえた巽さんが言った。そうか。

立ちどまっている鶏がいたので、その背後にそっと近づき、身をかがめ、両手を伸ばす。今度こそ、と思った瞬間、背中に強い衝撃があった。別の一羽にタックルされたのだと気づいたときには前のめりに転んでいて、狙っていたほうの鶏がびっくりして俺の頭に飛び乗り、フンをして駆けていった。

「だいじょうぶか？」

巽さんが俺の腕を引き、立ちあがらせてくれる。その際草履《ぞうり》がずれてふらついてしまったら、抱きとめられた。広い胸と逞しい腕の感触に、胸がドキリとする。

——いや、ちょっと待て。

ドキリって、なんだよ。

俺、なにをときめいてるんだ。

巽さんのことは尊敬しているが、べつに、それだけだろ。焼きまんじゅうのときもそうだが、過剰反応しすぎだ。

「す、すみません。だいじょうぶです」

己の心の機微に内心動揺しつつ、彼からさりげなく離れた。すると、彼がふと、俺の首の後ろに目をとめた。

「首のところ、血が出てる」

「え、本当ですか」

「痛くないのか？　けっこう抉《えぐ》られてるぞ」

たしかに、痛い。頭に乗って逃げていった鶏に引っかかれたかもしれない。

「手当てしてやる。中に入ろう」

「でも、鶏がまだ」

鶏は二羽しか捕獲できていない。

「鳥目だから、暗くなれば動きが鈍くなる。そうなったら捕まえたらいい。いまは垣根のむこうへ行かないように気を配っていればいいだろう」

巽さんは他のスタッフに声をかけ、俺を促して室内へ入った。

連れられたのは事務室。六畳の部屋は文机とたくさんの資料があり、普段は巽さんが主に使っている部屋だ。そこの中央にすわるように言われた。

巽さんは救急箱を手にして、俺の後ろに膝をついた。

「けっこう、がっつりやられたな」

手当てがはじまり、彼の手が首や肩に触れる。その感触に、なぜか緊張し、胸がどきどきした。

首の手当てがすむと、彼はちょっと待ってろと言っていったん席を外し、濡れた手ぬぐいを持ってきた。それを使って俺の髪を拭く。

「もしかして、フンですか」

「ああ」

「す、すみません。それくらいは自分でできます」

「ついでだ。とりあえず拭いただけだから、あとで洗ってくれ」

そう言いながらも丁寧に拭いてくれているのがわかる。

後頭部だから、自分ではよくわからないのでありがたい。だが評議衆のこの人に、鳥のフンの始末をさせるなんてと恐縮してしまう。

「鳥のフンを頭に落とされたなんて話は聞くが、鳥は鳥でも鶏のフンを頭にかけられるなんてな」

「……そうですね。飛んでいる鳥のフンは慣れっこですけど、鶏は初めてです」

「慣れっこなのか？」

「はい。数えきれません」

「俺は、いちどもないが」

「巽さんはそうでしょう。俺は、そういう星のもとに生まれたんです」

「なんだそれは」

ふっと笑う気配がした。

え……。

いつも怖い顔をしている巽さんが、俺の言葉で笑ってくれたのだと思ったら、興奮して頬が熱くなった。

いま、どんな顔をしているんだろう。

後頭部にも目があったらいいのに。

彼の笑顔を見てみたい……。

「背中も蹴《け》られていただろう。ちょっと見せてみろ」

「は、い……」

俺は頷きつつも、ちょっとためらった。

どうしてためらう気持ちが湧いたのか、自分でもよくわからなかった。

男同士だし、変な場所じゃない、背中を見せるだけなのに。

グズグズするのも悪いので、ためらいは押し殺し、襟《えり》を寛《くつろ》げて着物を肩から落とした。背中を、彼の鋭い視線に見つめられているのを感じる。

全身が熱くなる気がした。

なぜか、とても恥ずかしい。

そういえば、自分の意思で他人に肌を見せるのは、前世も含め、これが初めてなのかもしれない。

気づいたら、よけいドキドキしてきた。

あ、いや、違う。前世で水着になったことがあるじゃないか。なんどもある。初めてじゃない。だから落ち着け。

彼の手が、そっと背中に触れる。その感触にびくりと震えた。

「痛むか？」

「あ、いえ」

「傷はないが、赤くなってる。痣《あざ》になるかもな」

彼は背中の処置はせず、俺の前にまわってきた。

「あとは、怪我はないか。派手に転んでいたが、膝は？」

「あ……えーと」

彼の視線に促され、俺は着物を捲《めく》り、膝を見せた。

両膝とも血が滲んでいる。

巽さんが俺の着物の裾を摑み、さらに上まで捲りあげた。大腿《だいたい》まで露《あら》わになる。処置で着物を汚さないようにということで、他意はないんだろう。だがいまの俺は、上は胸元まではだけているし、裸よりも煽情《せんじょう》的な格好だ。

それを巽さんに見られていると思うと、ひどく動揺して心拍があがった。

巽さんからしたら、俺のハレンチな姿なんて興味ないだろうけれど。

もっと上品な相手なら欲情するだろうが、俺なんてどう考えても対象外だし――って、だから。なにを意識しているんだよ俺。おかしいだろ。

巽さんのことは、尊敬している。

先日の茂の一件で、その思いは強まったし、好きだと思った。木に話しかける仲間と知ったり、一緒に買い物に出かけたことで、以前より、彼のことを意識している自覚はある。

だが意識しているのも好きというのも、人としてということであって、恋愛感情じゃないはずだ。

だから、こんなふうにハレンチとかそういう意味で意識するのはおかしい。たぶんきっと、間違いだ、うん。

人前でこんな姿になるのは恥ずかしいから、自意識過剰になってるっていうか、変なスイッチが入っちゃったんだなきっと。

そう自分に言い聞かせているうちに膝の処置が終わった。膝なんてたいした怪我じゃなかったんだから放っておいてよかったし、自分でもできるのに、妙なことに気をとられている

うちに手当てをすべてやらせてしまった。

「ありがとうございます。すみません」

言いながら、そういえば、いつまで乱れた格好でいるんだと気づいた。膝の処置がはじまる前に上半身は直せただろう。自分からハレンチな格好を続けていて恥ずかしがってるなんて、ばかじゃないか。いやもうほんと、俺、ばかなんだよ。

軽い自己嫌悪に陥りながら急いで着物を整える。すると今度は巽さんが後ろをむき、もろ肌を脱ぎだした。

「じつは俺のほうも、あの足癖の悪い鶏に蹴られてな。ちょっと見てくれるか」

「は、はい」

逞しく、無駄な肉のない背中。しなやかで、おなじ男というのに色気を感じた。思わず見とれそうになり、いや、それより手当てだろと我に返って救急箱を手にとる。

彼の背中には、鋭い爪《つめ》でやられた切り傷があった。俺は恐る恐る軟膏《なんこう》を塗り、ガーゼを当てた。

それだけのことに、すごく、どきどきしてしまった。いや、だって、その。他人の怪我の手当てなんて初めてだし。俺なんかが触れていいのかな、なんて思って。

鶏を逃がして追いかけたり、頭にフンをかけられたり。いままでの俺だったら、ツイてないなあとへこむところだが、いまはそうならなかった。

巽さんとふたりきりで手当てしあうなんて、そんな特別な経験、なかなかできない。むしろ、騒動があってよかったような気持ちにすらなっていた。いやもちろん、鶏を逃がしたのは俺の不始末で、反省しているが。

手当てが終わると、巽さんは速やかに着物を整えて立ちあがった。俺も彼に続き、仕事に戻る。

互いにもろ肌脱いでも、色っぽい雰囲気にはならなかった。ウサ耳族でも、そういうことはある。

エッチできるなら誰でもよさそうなウサ耳族。切羽詰《せっぱつ》まった状態なら実際誰でもいいみたいだが、いちおうそれぞれ好みはあるらしい。

つまり巽さんにとって俺は好みの相手じゃないということだろう。俺のほうは、彼は尊敬している人だし。うん。

そう。そういうことなんだ。

俺は自分に言い聞かせ、ふたたび庭へ出た。

自分の言葉に納得したはずなのに、なんとなく、もやもやとした澱《おり》のようなものが胸に残っていた。

「ヒロは、いつも平然とした顔をしているけど、どうしてるんだ？」

数日後の午後、子供の相手をしているとき、スタッフのひとりにふしぎそうに尋ねられた。

「どうしてる、とは」

「してないだろ。交わり」

「ああ……しませんね」

俺はそう答えてから、もっともらしいことを付け加えた。

「仕事中はしませんよ。俺はみんなの食べ物を扱ってますから。食中毒をだしたら店は一発で潰れると、昔師匠に口を酸っぱくするほど言われて……王宮で働く前から、肝に銘じてます」

「へえ。さすがだなあ」

保育園に来たばかりのときはよそよそしかったスタッフたちだが、すこしずつ話しかけてくれるようになっていた。

そして巽さんの家を訪問してから二週間後。今日はスペシャルなイベントが予定されていて、保育園は朝から落ち着かなかった。

なんと、兎神と王が視察に来るという。

「うさぎしゃんがくるのー？」

「ちがうよー。かみさまがくるんだよー。すっごくきれいなんだって」

「もうくる？　いつくるの？」

子供たちもスタッフもそわそわして待っていると、やがて兎神一行がやってきた。

兎神と王、ナスの式神、そのほか護衛が五人ほど。

巽さんの案内で室内へ入ってくる。それを出迎えるみんなの表情は、半分は笑顔。もう半分は放心して兎神や式神に見入っている。

俺は兎神と交わったという冤罪で王宮を追われた身なので、みんなのように笑顔で出迎える気にはなれない。でも悪いことをしたつもりはないので、こそこそ隠れず、部屋の隅で彼らを眺めた。

兎神は子供たちに声をかけつつ歩いてきて、なにげなく部屋を見渡した際に俺の存在に気づいた。

「あ……茶埼くん」

彼がこちらに来ようと一歩踏みだしたとき、巽さんがさっと動いて俺の前に立ちふさがった。それとほぼ同時に、王が兎神を抱き寄せる。

「ちょっと。隆俊《たかとし》くん、手を離してくれ。あいさつするだけだよ」

王を見あげる兎神に、巽さんが話しかける。

「兎神。職員へのあいさつはけっこうです。さあ皆様、どうぞ次はこちらへ」

巽さんが促すが、王は動かず、俺を睨みつけた。

「茶埼というと……。あなたと餅つきをしていたという？」

俺は瞠目《どうもく》した。

まさか。ついに、餅つきをしていたことになってしまったのか……！

餅つきとは、ウサ耳族の夢とロマンとえろーすの詰まった、伝説の行為。

兎神のみがおこなうことのできる神技である。以前、降臨の式典の際にすこしだけ披露されたが、それ以降おこなわれず、王すら見ることを許されていないという。

餅つきがなにか知っている俺としては、なんだそりゃ、のひと言に尽きるが、みんなの餅つきへの憧れが半端ないことも知っているから、これは相当やばいことになっていると慄《おのの》いた。

王よ。この国にはもち米がないんだ。栽培してないいんだ。だから餅つきをしたくても、俺も兎神もできないいんだ。どうか目を覚ましてくれ……！

「だから違うって……、ああもう、こうなったら」

兎神が懐からなにかをとりだした。

よく見ると、T字のカミソリだ。

「必殺、カミソリフラーッシュ！」

兎神が特撮ヒーローのようなポーズをとり、カミソリを持った手をあげた。とたん、

「ふげっ」

「ほごっ」

「ちんあなごっ！」

スタッフたちが鼻血を噴きだし、バッタバッタと倒れていく。

「え、えろーすが…過ぎる……」

式神が目を丸くして兎神に突っ込む。

「なんで持ってるんすか」

「護身用だよ」

ウサ耳族は髭が生えない。そのため（そのためっていうのも変だが）、餅つき同様、髭剃りやカミソリというものに異常に興奮する。

俺の目の前にいる巽さんは、口元を手で覆い、顔を背けて堪えている。彼は王宮勤めが長いから、一般人のスタッフと違い耐性ができているのだろう。でも護衛も鼻血をだして蹲《うずくま》ってるけど。護衛の意味あるのか。

兎神がカミソリを懐にしまい、俺を指し示した。

「ほら、隆俊くん見て。茶埼くんは反応していないだろう？　彼は俺に興味ないんだよ。だからすべて誤解なんだ」

王が俺を見る。

「カミソリを持つ兎神を見て、なぜ興奮しない」

そう言われても。

「……興味ないですから」

答えたら、王の眼光がより強くなった。なんだろう。好きだと言われても気に入らないけど、興味ないと言われても、それはそれで気に入らないのかな。

「俺は好きな人とか…恋人とか伴侶とか、そういう特別な相手じゃないと興奮しません」

神にむかって興味ないは失礼だったかと思い、言い直すと、王は納得したようにちいさく頷き、

「わかった」

と言った。

兎神のえろーすが通じないのは俺だけじゃない。子供たちもそうだ。大人たちが急に鼻血を噴いて倒れだしたから、怖がって泣きだす子もいる。

「あ、ご、ごめん、みんな……！　隆俊くん、これ以上いるとご迷惑がかかるから、日を改めて出直そう。赤鬼くん、すまないが、あとをよろしく」

兎神一行は慌ただしく保育園から去っていった。

彼らを見送ると、巽さんが和室の惨状を見渡した。そして活を入れるように手を叩き、倒れているスタッフに告げる。

「さあ！　子供たちは俺とヒロで見てるから、収まらない者は厠《かわや》と休憩室へ行ってこい！　外出も特別許可するが、すぐに戻ってくれよ！」

スタッフたちが脱兎《だっと》のごとく和室からいなくなった。巽さんは笛を持ってきて、子供たちを落ち着かせるように演奏をはじめた。

はじめは心の落ち着く、ゆったりした曲から。子供たちが徐々に泣きやんでくると、楽しい曲に変えていく。

スタッフが戻ってくる頃には子供たちも元気をとり戻したため、俺も昼食を作りに厨房に戻った。

「なんだったんだ、あれ……」

騒ぎを振り返ると、なにしに来たんだあの人たち、という感じだ。

昼食を終えたら子供たちのお昼寝タイム。スタッフはそのあいだに事務仕事をし、しばし落ち着いた時間が流れる。俺は普段ならおやつの支度をするんだが、今日は兎神が来るとのことで、トラブルに備えて市販のせんべいを準備しておいた。時間があるので厨房の隅で巽さんの冊子を読んでいると、巽さんがやってきた。穏やかな顔つきで、俺のとなりに腰かける。

「うまくいったな」

俺は冊子を閉じ、首を傾げた。

兎神と王の視察のことなら、散々だったと思うのだが。

「なにがですか」

「濡《ぬ》れ衣《ぎぬ》のことさ。ヒロはカミソリにも無表情だったろう。きっと陛下の誤解は解けたと思う」

だといいですが、と言いかけて、まさかと思う。

「兎神がカミソリをだしたのは、巽さんが仕組んだんですか？」

「まさか。俺も驚いた。その前に、兎神が陛下の前できみに声をかけようとしたのも焦った」

「……そういえば、あのとき巽さん、俺の前に出て……俺が兎神を襲うと思ったのかな、と」

「違う。あれは、ヒロを守るつもりだったんだが……逆に受けとめられたか。それは心外だな。俺はきみを信じるって言っただろう」

そうだったのか。

不意打ちの優しい言葉に、頰が赤くなりそうだった。ウサ耳はどうなっているだろう。

「今日の視察は兎神の強い希望でな。たぶん、きみとの誤解を解きたくて、ここへ陛下を連れてきたんだろうな。きみがここにいるのは伝えていたから。しかしあの方も、けっこう後先考えないっていうか。カミソリは賭けに出たんだろうが、ヒロも鼻血をだしたらどうする気だったのか……みんなはどうにか落ち着いたが……畳についた鼻血、きれいに落ちないっていうのに」

「たしかにそうですね…」

兎神、もう五年もいるのに、自分の影響力をじゅうぶんに自覚していないし、けっこううかつな人だな、と思う。

あの人も完璧じゃない。そしていろいろ大変そうだな、と思った。

感想としてはそれだけだ。兎神のことを思っても、以前のように落ち込むことはなくなっていた。

「なにはともあれ、結果はいい方向に進んだってことで、よしとしよう」

あの散々な視察を前向きにとらえる巽さんを、素敵だと思った。

「それにしてもヒロは、陛下にも堂々と自分の意見を言えるんだな。恐れ入るよ」

小心者なんだけどな。王はあまりにも雲の上の存在すぎて、だからこそ逆に遠慮とか配慮とか諸々《もろもろ》失念していた。

「神に興味ないとか、本人を前に失礼でしたね」

「好きな人、恋人や伴侶じゃないと興奮しないとも、堂々と言ったな」

「……」

改めて、恥ずかしいことを言ってしまったと思う。巽さんも聞いていたのに。

「伴侶って言葉をヒロが言ったの、俺、正直驚いた」

「そう、ですか」

「ああ。伴侶って……生涯を共にする相手だろう。神や王みたいなのは別にして、庶民の感覚だと、伴侶なんて相手、伝説かおとぎ話の中にしか存在しないと思っているものだろう。だが、ヒロは自然と口にした」

「まあ……そうですね」

ここの人たちには伴侶なんていまいちピンとこないだろうが、日本人の記憶がある俺からしたら、驚かれるようなことでもない。

「そういう考えを持っているのって」

巽さんが、深いまなざしで俺を見つめた。

「素敵なことだと思った」

いや……だから、そんなたいそうな発想でもないですし……。

乙女っぽい発言を褒められるのは、照れる。俺は赤くなって俯いた。

「ヒロが仕事中にしないのは、そういう相手がいるからなんだな」

「いえ。伴侶なんて、いません。恋人も」

「だが、好きな人はいるだろう。でなきゃあんな言葉は出てこない」

そうとも違うとも言えず、俺は困って目をそらした。そんな俺に、彼は追い打ちをかけるように言う。

「一途《いちず》なんだな」

それは、よくわからない……。いままで、好きな相手などいなかった。

いままでは。じゃあ、いまはと言うと……それは。

「ヒロの好きな相手、気になるな」

見ると、彼のまなざしに、やけに甘い色が滲んでいた。

どういうつもりなのか、からかわれているのか。困惑して俺は立ちあがった。

「俺、おやつの準備をしないと」

「ああ、邪魔をしたな」

巽さんはとくに気を悪くしたふうもなく、和室のほうへ戻っていった。

いまの甘い空気はなんだったんだろう。

「からかわれたんだよな……？」

彼が俺の好きな相手が気になるなんて、それはきっと、表情筋の死んでいる、性的なことを一切しない変わり者への、興味本位の言葉だろう。

あるいは同僚とのコミュニケーションの一環だ。

それだけだ。

俺はそう自分に言い聞かせ、ドキドキしている胸に手を当てた。

六

兎神《うさぎがみ》の視察から数日。スタッフの俺への態度が打ち解けたものへと変化した。

カミソリに動じなかったことから、王宮での事件が冤罪《えんざい》であると信じてもらえたらしい。

「すごいよなあ、ヒロは。あのえろーすを目の前にして、興味ないと平然と言えちゃうんだもんな」

「あれは本当に恐れ入ったな。俺ら全員が打ちのめされたのにな。あれを見たら、ヒロが兎神を襲ったなんて、あるわけないと思える」

子供たちの大半が帰った夕方、手の空いたスタッフ数人が俺を交えてそんな話をする。

「いや、全員じゃないだろ。巽《たつみ》さんも平気だった」

ひとりがそう言い、すこし離れた場所にいる巽に視線をむける。

「あの人は王宮勤めで慣れてるからな」

「そういえば、巽さんも仕事中に交わらないよな」

「……そうなんですか」

俺は厨房にいる時間が長いから、ほかのスタッフの動きはよく知らない。

「ああ。ここのスタッフとはしないし、そのために外出することもないな」

「王宮勤めの人は訓練して耐えられるって話じゃないか。ヒロもそうだし」

「でも、まったくしないわけじゃないだろ。たまに王宮に戻ることがあるし、そのときにしてるんじゃないか」

そうだよな……。

俺たちは一日になんどもしないと収まらない人種。変なこだわりがある俺とは違い、巽さんも誰かとセックスしているだろう。

彼は性欲を我慢できないとかムラムラしているとか、そういうことをいっさい言わないし態度にもださないから、いままで考えなかった。気づかなかったというより、無意識のうちに脳から排除していたのかも。

巽さんが誰かと抱きあう。想像したら胸がもやもやして落ち着かない気分になった。

気持ちを切り替えようと、子供の相手を理由に、スタッフたちからさりげなく離れる。すると五歳の女の子が俺の袖を引いた。

「ヒロせんせ、あのね」

内緒話をするように口元に両手を当てるので、俺はしゃがんで耳を近づけてやった。

「ヒロせんせは、たつみせんせが、すき?」

「え」

固まる俺に、女の子はうふふとマセた笑い方をして、こそこそ続ける。

「たつみせんせは、ヒロせんせのことが、すきだって」

子供の他愛ない発言だ。わかっているが、動揺してしまう。普段死んでいる表情筋が生き返り、ぎこちない笑顔を浮かべた。

「いや。そんなことはないよ」

女の子は内緒話ポーズをやめ、大きめな声量で話しだした。

「ううん。そんなことあるもん。たつみせんせ、いつもヒロせんせのことみてるもん。だからきいたの。そしたら、すきだって。ね、せんせ?」

最後、女の子は俺の背後に視線をむけて言った。

「そうだな」

真後ろから、低い声。

ぎょっとして振りむくと、いつのまにかすぐ後ろに巽さんが立っていた。

俺の顔がいっきに赤くなるのを感じた。それを見られたくなくて、すぐさま女の子のほうに顔を戻す。

「えっとね。それは、俺だけじゃなく、ほかの先生も子供たちも、みんなが好きってことで」

「ちがうもん。とくべつっていったよ。ね、せんせ?」

「そうだな」

またもや届いた肯定に、俺はゆでだこのように赤くなった。心臓が爆発しそうだ。

落ち着け。巽さんも子供に訊《き》かれたから、本心とは関係なくそう答えているだけだ。

「ヒロせんせは？　すき？」

問い詰められ、俺は答えに窮《きゅう》した。子供の訊くことなのだから、うんと答えておけばいいのだろうが、本人が後ろで聞いていると思うと、とても言えない。うう、と変な唸《うな》り声をだし、声を絞りだす。

「その……俺と巽先生は、身分が、違うから……そういうのは、簡単には答えられないというか……」

「身分ってなんだ」

即座に背後から低い声に問われた。

「そんなものを理由に好意を拒まれるのは、悲しいな」

俺は赤い顔のまま後ろを振り返り、上目遣いに彼を見あげた。

「……からかわないでください」

「からかってない。だが、困らせるつもりもない」

彼は、いつもの怖い顔ではない、読めない表情をしていた。俺と目があうと、彼はすぐに女の子のほうへ顔をむけた。

「ユノちゃん。人の気持ちは勝手に言っちゃだめなんだぞ。ヒロ先生が困っているだろう?」

彼は女の子を他の子供たちのほうへ連れていった。

俺はその場から動くことができず、膝を抱えたまま蹲《うずくま》っていた。

なんだよ、いまの……。

好きだって、肯定した……。

特別だと、肯定した……。

――本当に……?

いや、子供相手にそう言っただけだから。本気にするなよ。

でも。俺にむかって、からかってないって……。

好意って、はっきり言った……。

たったいま聞いた言葉が信じられなくて、頭の中がぐつぐつ沸騰しそうだ。冬だというのに身体《からだ》が熱く、脇や背中が汗ばんでくる。

先日兎神が視察に来たあと、甘い空気になったことを思いだす。

好きな人のことを尋ねられた。あれはからかわれただけで、それ以上の意味はないものと思い込もうとしてきた。だがやっぱり、意味のあるものだったのか……?

巽さんは、俺のことを……?

そう思うと、彼の他の行動にも納得がいくものがある。一緒に買い物に行ったときに手を繋《つな》がれて帰った。あれもそういう気持ちの表れだったのかも、とか……。

そういうことなのかと思うと、どきどきしすぎて心臓が苦しくなってきた。

身分ってなんだ、と言っていた。

巽さんは身分差のことは気にしていないのか？

だったら……もしかしたら、本当なの、かも……。

どうしよう。

「…俺は…」

俺の気持ちは……。

なかば、自分の気持ちには気づいていた。身分違いなのだから認めてはいけないと思い、目をそらし続けてきた。だが……。

「せんせい、だいじょうぶ？　おなかいたいの？　おかお、あかいよ？」

蹲り続けていたら、子供に心配されてしまった。

「ぼうっとしていただけ。だいじょうぶ」

立ちあがり、子供たちの相手をする。そのうち陽《ひ》が暮れ、巽さんの子供以外全員が帰った。

スタッフも巽さんも戸締りをし、帰り支度をはじめる。

どうしよう。こんな気持ちのまま帰れない。巽さんがひとりになったところを見計らって、話しかけてみようか。

話しかけてどうする？　いきなりさっきの話をする？　どう切りだす？　頭の中でシミュレーションをしていると、

「巽、いるか～」

玄関から聞き慣れない声が聞こえた。

名を呼ばれた巽さんが玄関へむかう。俺も気になって和室のほうから覗《のぞ》くと、見覚えのある男性が立っていた。たしか、評議衆のひとりだ。

「どうした」

「今夜はおまえんちに泊まらせてくれ」

男性は巽さんを見て、意味深な笑いを浮かべた。

「一発やろうぜ」

「一発でいいのか」

「もちろん一発じゃ収まらないな」

「お互いにな。ちょっと待ってろ」

巽さんは気安げに言い、スタッフに帰宅を促した。

「ヒロ。カギ閉めるぞ」

ぼんやりしていたら、催促された。

「……お疲れさまでした」

いつも通り、お疲れさまでしたと声をかけて帰るよりなかった。それ以外なにも言えない。

玄関で待つ男性の横を、俯《うつむ》いて通り過ぎた。

このあと、巽さんは彼と家へ帰るのか……。

あのふたりの会話は誤解しようがないあけすけなもので、俺は撃沈した。

なんだ……。

やっぱり俺なんて、選ばれるわけがない。

男性は評議衆の人だった。巽さんが選んだのはおなじ身分の相手。当たり前だよな。

巽さんは、俺を好きだという言葉を肯定したが、やっぱりたいした意味じゃなかったんだ。

ウサ耳族の言う好きなんて、重い意味じゃない。俺の考える好きとは違うんだ。

子供の言葉に乗せられて、期待して、バカじゃないか俺。

ずっと、打ち消していた。気づかないふりをしていた。

さっきまで期待だってしていなかったんだ。

尊敬している人だけど、ただそれだけで、そりゃちょっとは格好いいなとか素敵だなと思ったりもしたけれど、それ以上はべつに、なんとも思ってない——なんて。どうにか「尊敬する人物」という規定の枠から飛びださないように気をつけていた。それなのに。

期待してしまったあとでは、いまさら打ち消すことはできなかった。

「俺……、好きだった、のにな……」

その想いがすでに身体の隅々まで染みわたっていて、打ち消そうにも手遅れなのだと、そのとき、胸が痛くなるほど自覚した。


帰ってから、自慰をした。

俺はウサ耳族にしては性欲が薄いほうかもしれないが、それでもウサ耳族の端くれであり、自慰を毎日朝晩しておかないと具合が悪くなってしまう。

していると、最近ときどき、巽さんの顔が浮かびかけるときがあったが、意識して打ち消し、考えないようにしていた。だが今夜は巽さんの顔を思い浮かべて、彼に抱かれている場面を想像して、達《い》った。

達ったあと、むなしさが広がった。

なにしてるんだろう俺。

彼はいまごろ、先ほどの男性と抱きあっている。俺のことなど頭の片隅にもなく、楽しんでいることだろう。俺はその彼を思い浮かべながら、暗く狭い部屋でひとりで処理をする。

惨《みじ》めすぎて泣きたくなった。

こうなることがわかっていたから、嫌だったんだ。気づきたくなかった。気づいたところで、この気持ちが実ることなどないのだから。

身分違いで、相手にされるはずがないとわかっていた。本来なら喋《しゃべ》る機会すらない相手。そんな相手に恋なんてするもんじゃない。それなのに、なぜ好きになってしまったんだろう。

「……そんなの、決まっている」

王宮にいた頃から気になる人だったのだ。絶望の中にいた俺を救ってくれ、親身になって、ただひとりだけ優しく接してくれて。好ましい人柄にも触れて。好きにならないはずがないじゃないか。

恋心っていうものは、自分で都合よくコントロールできるもんじゃないらしい。都合なんて関係ないし、否応言えるものでもない。だから恋は「落ちる」と表現されるんじゃないか。

「はあ……」

それがわかったからと言って、どうなるものでもない。

どうがんばったところで、俺が相手にしてもらえるような人ではないのだ。それだけは、しっかりと胸に刻まれた。

実らないとわかっていながら恋し続けるのは辛《つら》いことだ。そんな胆力は俺にはない。だから俺にできることは、この気持ちを忘れることだ。

彼のことは諦《あきら》めて、できるだけ早く忘れるしかない。

自覚したばかりだから、たぶんまだ間にあう。深手を負う前に忘れられるさ。なんの根拠もないが、自己暗示にかけるようにそう繰り返した。

翌朝、自慰するときはなにも考えないように気をつけた。それでもちらちらと巽さんの顔が思い浮かんでしまい、下半身はすっきりしたのに、気分はあまりよくなかった。

憂鬱《ゆううつ》な思いを引きずりながら出勤する。

園につくと、巽さんは子供とあやとりをしていた。姿を目にしたら、胸が切なく疼《うず》いた。

いちど自覚してしまった気持ちはそんな簡単に忘れられるものではなさそうで、本当に忘れられるのかな、と自信がなくなる。

俺の表情筋は死んでいるから、考えていることが表に出ない。表情が出にくくてよかったと思う。

「おはようございます」

俺はいつも通りのあいさつをして厨房へむかった。いつも通り、変わらない対応ができたはずだ。

昨日のことは忘れよう。好きだと気づいてしまったことも、彼に相手がいることも。

胸の痛みをやり過ごし、仕事に専念する。

そのまま一日を終わらすつもりでいたのだが、午後のおやつのあと、赤鬼《あかぎ》家の子供五人にとり囲まれた。

「ヒロせんせ、ごほん、よみおわった？」

ご本とは、巽さんに借りていた冊子のことだ。

「ああ、うん」

なにも考えずに返事をし、直後にしまったと思った。

数日前に子供たちと約束していたのだ。冊子を読み終えたら、赤鬼家に返しに行くと。そのときに夕食を作ると。

「じゃあ、今日はうちにくるんだね！」

「ええと……巽さんの都合はどうかな」

昨日のように誰かと約束でもあったら、迷惑だろう。

子供たちは巽さんのほうへ駆けていった。

「きょう、ヒロせんせ、くるって！　いいよね！」

巽さんが俺に目をむける。

「そうか。今日来てくれるか」

「今日でなくても、ご都合の良い日で……」

「だったら、今日が嬉《うれ》しいな」

今日は、誰とも約束がないということだろうか。

ということで、今日、行くことに決まった。

本当は、もうすこし気持ちが落ち着いてからにしたかったのだが、しかたがない。

そうと決まったら気持ちを切り替えないとな。

おやつのあとは俺の休憩時間が設けられているので、その時間にちょっと抜けだして食材を買ってきて、夕食の下ごしらえをしておいた。そして仕事を終えたら、巽さんとその子供たちと共に保育園を出た。

「最近、だいぶ職場に慣れてきた感じだな」

子供たちと手を繋いで歩きながら、巽がのんびりとした口調で言った。

「はい。そうですね。楽しいです」

俺は素直に頷《うなず》いた。

子供たちもスタッフも、俺の料理を美味しいと言って食べてくれて、残されることはなくなった。俺に懐いてくれる子も増えている。

スタッフとも打ち解けて、仲間として受け入れられているのを肌で感じている。

王宮勤めの頃には感じたことのない一体感だ。

王宮での同僚たちに、俺は誠実に接しているつもりだった。だがいま思うと、先輩の同僚たちに対して、年下のくせに上から目線だったのかもしれない。前世での経験を足すと俺のほうが先輩で経験も知識も豊富だ、とか。兎神に味を褒められているとか。表にだしているつもりはなかったが、そんな思いが態度の端々から滲《にじ》み出ていたのかもしれない。

クビになったとき、みんなを薄情だと思ったが、元々俺のほうが薄情な接し方をしていたのかもしれない。味方になってもらえるほどの人間関係を築けていなかった。

いまの俺は、子供に対して勉強不足だと痛感している。保育園のスタッフは全員、基本的なことは学び、経験を積んでいる人たちだ。だから俺は素直に真摯《しんし》に教えを請うているし、尊敬の念を込めて接している。

おなじ態度のつもりでも、きっと、その裏にある感情は相手に伝わっている。

だからみんなも、料理人としての俺に敬意を払いつつ、対等に接してくれているのを感じる。

そういうことなのだと、この数日で気づくことができた。

園へ来て、人間として成長できたように思う。ここで働けてよかったと心から思う。

それもこれも、巽さんの導きのおかげだ。彼の助けがなければ失敗を克服することもできず、こうして成長することもできなかった。

「巽さんのおかげです。園に勤めることを誘ってくださって、ありがとうございました」

「そう言ってもらえてよかった。なにかあったら言ってくれ。いつでも相談に乗るから」

にこりともせずさらりと告げる。かけてくれる言葉は常に温かい。格好いい人だとしみじみ思う。

忘れないといけないのに、格好いいと思わせないでほしいんだけどな。

この職場へ誘われて、巽さんと働けてよかったと思うのは本心だ。だが、巽さんへの恋心を持て余しているのも事実。

王宮をクビになったとき、そのまま巽さんとも縁が切れていたら、恋することもなかったし、こんなやるせない気分を味わうこともなかっただろう。とはいえ、出会いたくなかった、とも言いたくない。

恋心に気づかぬまま一緒にいられたら、それが最も幸せだったのかもと思いつつ歩くうちに、彼らの家に到着した。

今夜はおからをひき肉に見立てた肉まんだ。下ごしらえは済ませてある。厨房に入ると、発酵を済ませた生地を丸め、具材を包んで蒸し器に入れる。あとは野菜スープを作り、完成。

「うわあ！　なにこれ！」

「ふわふわだよ！」

肉まんなんてこの国では珍しい。ちょっと冒険だが子供たちはだいじょうぶだろうかと思いながら食卓にだしてみると、みんな、初めは恐る恐る、でもひと口食べると、絶賛してたくさん食べてくれた。

「おいしい、これ！　ほいくえんでもつくって！」

「ほかのみんなも喜んでくれるかな」

「うん！　きっとおいしいっていうよ！」

巽さんも俺を見て大きく頷き、気持ちの良い食べっぷりを見せた。

「そろそろ、挑戦作をだしてもだいじょうぶじゃないか。子供たちも保育園生活に慣れてきて、新たな刺激が欲しい頃かもしれない」

そうか。じゃあ、だしてみるか。

巽さんも子供たちもモリモリ食べてくれて、それを見ながら俺も食べられるなんて、幸せだなと思う。

「ヒロせんせ、もっと、うちにきて」

「まいにちきていいよ。ゆうごはん、つくって」

「こらこらおまえたち、無茶言うな」

巽さんが慌ててたしなめる。

子供たちはお世辞じゃないだろう。だが巽さんは交わりの相手が来ることもあるだろうし、俺に度々《たびたび》来られたら迷惑かもしれない。

俺としては、巽さんのそばにいるのはやるせない。だが、いさせてもらえるのならば、そばにいたい。

「迷惑じゃないなら、また来ます」

斜めむかいにすわる彼に控えめに告げると、迷うような顔をされた。

「ヒロがいないとヒロのご家族が夕食に困るんじゃないのか」

「いえ。俺、家では作ってませんから」

「そうなのか」

「兄や叔父《おじ》は職場で食べてきますし、叔母《おば》やその子供たちは、その、叔母の恋人というか友人というか、その人と仲良く食卓を囲むんで、俺は邪魔っぽくて。で、俺はひとりなのに自炊するのもあれなんで、いつもその辺の店で食べてます」

「え。だったら、うちで一緒に、いや、仕事で作ってるのに帰ってからも作りたくないか。俺が作るのでもよければ。ヒロがいると子供たちも喜ぶし、もっと来てくれたら」

珍しく早口でまくし立てる巽さんの様子に、俺はすこし頬を緩めた。

「作るのは俺がやりますけど。いいんですか、また伺って、ご一緒させてもらって」

「もちろんだ。こちらこそ、いいのかと訊きたいが」

「はい。では、また近いうちにお邪魔します」

子供たちが「きてくれるの？」と、はしゃぐ。

「ああ。おまえらがいい子にしてたらな。ほら、もう食器を片付けて風呂に入れ」

巽さんと子供たちがきゃあきゃあと賑《にぎ》やかに風呂へむかう。

巽さんが子供たちの世話をしているあいだに俺は前回同様、明日の朝食の下ごしらえ。の予定だったのだが――俺は食卓のある和室から動けずにいた。

今日の俺は朝、出勤前に抜いたきり、処理していない。

巽さん宅にお邪魔する前に、園の厠《かわや》で自慰を済ませたほうがいいかなと思っていたんだが、タイミングを逃してしまった。

それでも帰宅までどうにかやり過ごせるかと思っていたのだが、食事を終えるとなぜか急にスイッチが入ってしまい、いま、立てないほどやばい状態になってしまった。

非常にまずい。日本人とはけた違いの性欲は、自制心などでどうにかできるものではない。欲求が強くて抑えられない。

しかし、人様の家で自慰をはじめるなんて、俺にはできない。

どどどうしよう。脂汗《あぶらあせ》を滲ませて焦っているうちに、子供たちを寝かしつけた巽さんが戻ってきた。そして食卓の前で蹲っている俺を見て、驚いて駆け寄ってきて、跪《ひざまず》いた。

「どうした」

「……その」

股間を押さえて蹲っている男。それがなにを意味しているか、この国の者ならばわからぬはずがない。

「だいじょうぶ……じゃ、なさそうだな」

よりによって巽さんにこんな姿を見られてしまうなんて。恥ずかしくて死にたい。

彼の手が、俺の肩に触れた。

「俺が相手でよければ、交わるか？」

え。

びっくりして顔をあげると、真剣なまなざしとぶつかった。それは見る間に熱を帯び、色気を醸しだす。

冗談でもからかいでもないらしい。そして彼の瞳に映る俺は、唇を開き、火照《ほて》った頰に潤《うる》んだ目をし、普段の無表情からかけ離れた、欲情に満ちた顔をしていた。

もう、取り繕う余裕などない。

俺なんかを相手してくれるのかと確認したかったが、口から出たのは別の言葉。

「お願い、します」

熱に浮かされるように頷くと、とたん、着物の裾を捲《めく》られた。下着を下げられて、硬くなった中心をとりだされる。そして、彼が身をかがめ、顔をそこに近づける。まさかと思う間に、口に含まれた。

彼の唇は亀頭部を含むと、そこから密着して吸いつくように圧をかける。温かく湿った上《うわ》顎《あご》と舌に押し包まれた亀頭部が、じわりと奥へ導かれる。それに伴い、茎部も口の中に吞《の》み込まれていく。

憧れの人の清潔そうな唇が、俺のものを咥《くわ》えている。

夢のように現実感のない光景に呆然《ぼうぜん》とする。しかし与えられる快感は夢どころではなく、生々しい。

優しく吸いながら引きだされ、また吞み込まれる。吞み込みきれない根元の部分は手で扱《しご》かれ、袋も愛撫《あいぶ》される。たまらなく気持ちがよかった。感触だけでなく視覚的にも欲情を刺激され、腰が震えだす。内股《うちまた》の血も下腹部の血もすべてがそこに集まる感覚。出る、と思ったときには爆発させていた。

「っ」

元々限界だったから、ほんの数回扱かれただけで達ってしまった。しかも、彼の口の中にだしてしまった。

彼が俺のものから口を離し、手の甲で唇を拭《ぬぐ》う。喉がごくりと動き、俺が放ったものを呑み込んだのだと知った。

俺のを、巽さんが呑んだ……。

驚きすぎて、呆然としてしまう。

「歩けそうか」

何事もなかったような、いつも通りの声をかけられ、俺ははっと我に返り、頷く。

「はい」

いちど達ったくらいでは満足できないが、歩ける程度にはなっている。自宅までたどり着ける気はしないが、この家から出るくらいはできるか。

本当は、せめてもういちどくらいは抜かないと辛いのだが、彼にお願いできるほど図々しくない。歩けるならば、厠を借りて自分ですればいい話だ。

ありがとうございましたと礼を言おうとしたら、彼が俺の手をとって立ちあがった。

「俺の寝室へ行こう」

「あ……」

いまので終わりかと思ってしまったが、まだ続きをしてくれるらしい。

いいのだろうか。俺なんかと。

交わろうと言ってくれたが、本当に、もっと深く交わるつもりなのか。

ぼんやりしていたら、彼が首を傾《かし》げた。

「どうした。まさかあれで終わりじゃないよな。俺もその気なんだが」

「あ、は、はい」

俺は慌てて立ちあがった。

嘘みたいだと思いながら彼のあとについていき、彼の寝室だという部屋に入る。

巽さんが押し入れから布団をだして畳の上に敷いた。それから簞笥《たんす》からちいさな容器をとりだした。

あの容器は、街でよく見かける。あかぎれにも使える軟膏《なんこう》だ。

王国民は性への欲求が強いから、風邪薬などよりも媚薬《びやく》だとか専用の軟膏だとかの性交の補助具を開発する熱意がすさまじく、種類が豊富。しかもどこでも安価で売っていて簡単に利用できる。たぶんあの容器は媚薬入りではなく、ふつうの軟膏だ。

「ヒロは挿《い》れるのと挿れられるの、どっちがいい」

彼が尋ねながら帯をほどき、着物を脱ぐ。逞《たくま》しい裸体が現れ、俺の胸がどくんと大きく鳴った。広く厚い胸板に引き締まった腹筋と腰まわり。下着で覆われている中心は、布地がテントを張り、すでに勃起していることを俺に教える。

すべてがセクシーで、彼の身体から目を離せない。入り口で立ちすくんでいると、名を呼ばれた。

「ヒロ？」

「は、はい」

「どっちがいいかと訊いたんだが」

「す、すみません。俺はどちらでも。ですがその、どちらも初めてなので、すみませんがご指導いただきたいです」

「え」

巽さんがびっくり顔で固まり、俺を見つめた。

「初めて？」

「はい。いや、王宮の宿舎に入居した日に、女性に襲われた経験はあります。男性は未経験です」

俺が喋り終えても、巽さんは五秒ほど停止していた。よほど驚いているらしい。天然記念物とでも思われただろうか。

「もしかして、男は無理だとか、なにか理由が？」

「いいえ、なにも。無理じゃないです」

「本当に？　俺でいいか？」

「はい」

しっかりと頷く。内心は緊張と動揺でお祭り騒ぎの混乱中で、ひょっとことおかめが扇子《せんす》を扇いで踊りまくっている状態だが、さほど顔には出ていないはず。

「じゃあ……俺が挿れるほうでいいか？」

「はい」

「好みの体位とか……は、わからないか。初めてだものな……」

巽さんも戸惑っている様子を見せる。だがすぐに気持ちを切り替えたようだ。

「まあ、やってみようか。着物を脱いで、こっちにおいで」

巽さんが下着を脱ぎ、布団の上にすわる。

俺は彼に背をむけて、帯に手をかけた。背中に視線を感じながら帯を解《ほど》き、着物と下着を脱いで簡単にたたんで部屋の隅に置いておく。一糸まとわぬ姿で布団のほうへむかうと、舐《な》めるように見つめられ、さすがに恥ずかしくて顔が熱くなった。

彼の正面に膝をつくと、すぐさま腕を引かれた。彼の胸に抱きとめられ、きつく抱きしめられる。素肌が触れあう感触に、身体がいっきに熱くなった。

「ヒロ」

後頭部を撫《な》でられ、その手が顎へかかる。顔を上向かせられ、唇を重ねられた。

最初はかるく触れあうだけで離れていき、次はしっとりと押しつけられた。彼の舌先が俺の唇の隙間を舐め、中に入ってくる。緊張して固まっていた俺の舌先と彼の舌先が触れあう。なまめかしい感触。うわ、と引っ込めようとしたら、彼のそれが追いかけてきて、側面を舐められた。次いで、裏側も舐められ、絡《から》んでくる。

「ん……ふ……」

気持ちいい……。ぞくぞくとした快感がせりあがってきて、受け身だったものがいつしか積極的に舌を伸ばし、自分からも絡めていた。

「……ん」

キスをしながら、彼の手が俺の中心を握った。先ほど達ったが、もう硬く勃《た》ちあがっていて、先端がぐっしょりと濡れている。

彼の親指が先端の穴に触れる。そして溢《あふ》れだしているものを塗り広げるようにぐりぐりと弄《いじ》りはじめた。手のひら全体で笠を包み込むようにして弄ったり、裏筋をくすぐるようにされたりするから、たまらない。溢れ出るものでぐしょぐしょになった。

甘い快感が唇から下腹部と交互に行きかい、じっとしていられない。してもらってばかりではいけないと、俺も手を伸ばし、彼の猛《たけ》りに触れた。キスをしながらだから見えないが、握った感触では、俺のよりもひとまわり大きくて、かなり太い。根元から笠の手前まで、茎の表面は浮き出た血管がびっしりと張り巡っており、すごく硬くてごつごつしている。笠の張りだした部分も大きくて、熱く滾《たぎ》っているようだった。

先端を触れると、彼も濡れていた。彼のほうはまだ達っていないから、俺よりも興奮がすごい。

これが俺の中に挿れられるのかと思うと、興奮と期待が高まり、さらに中心がじんわりと濡れた。

巽さんが唇を離し、熱っぽくささやく。

「ヒロ。後ろも弄りたい。俺の上に跨《またが》ってくれ」

促され、胡坐《あぐら》をかく彼を跨《また》いでその上に乗った。

「こう、ですか」

「ああ」

彼は漆塗りの容器の蓋《ふた》を開けると、中に入っていた軟膏を指で掬《すく》った。その手を俺の後ろへまわし、入り口へ塗りつけた。

ひやりとした感触に一瞬身が竦《すく》んだが、前を刺激されて意識が散る。後ろに触れる指は、しばらく動かず入り口に置かれていたが、軟膏が体温ほどに温まってくる頃、円を描くように動きはじめた。それからぬるりと、すこしだけ入ってきた。俺の反応を窺《うかが》うように、第一関節だけ収まると、襞《ひだ》に軟膏を塗りつけるようにぬぷりと蠢《うごめ》く。じれったくなるほど慎重な動き。

「巽さん……だいじょうぶ、ですから……もっと……」

たまらず頼むと、指が奥まで入ってきた。

痛みはまったくないが、異物感に息をとめると、前を強く扱かれる。それにあわせるように、後ろに入れられた指が粘膜を押し擦《こす》る。奥の前側、前立腺に近い辺り。そこを押し擦られると、これまで感じたことのない快感が身体中を駆け巡った。

「ん……っ」

思わず彼の肩に縋《すが》りついた。後ろから生みだされる快感が前の刺激と連動し、増幅する。快感が溢れてとまらなくて、どうにかなりそうだった。

「ま、待って、くだ……」

これでは、自分だけがまた達ってしまう。焦ってとめようとしたが、そのまま達ってしまった。

「あ、あ……」

がくがくと脚を震わせながら吐精し、彼の手を濡らす。前も後ろも刺激はとまらず続いている。後ろに、指がもう一本増やされた。今度は押し擦るだけでなく、中を広げるような動きをしはじめた。そして軟膏を足し、もう一本、増やされる。

予想していたよりも、そこは簡単に広がった。そして柔軟に蠢き、指に密着している。

まだ、もっと、ほしい。無意識に腰を揺らしたら、急に指を引き抜かれた。

巽さんが、熱い息を吐きだす。興奮した様子で無言のまま俺を布団に押し倒し、俺の両脚を広げた。

彼の視線が、俺の入り口や、濡れた中心に落ちる。見られていると思うと、入り口が勝手にヒクついた。

彼の猛りが、俺の広げた脚のあいだから見えた。腹につくほどまっすぐにそり返っている。赤黒く怒張したそれは触って想像したよりも大きく、いやらしく見えた。

彼の興奮を知り、俺の興奮もさらに増した。

あれが、いまから俺の中に入る……。

見つめていると、彼がごくりと喉を鳴らし、腰を近づけた。

入り口に、先端が触れる。ぐっと押され、さらに押し広げられ、笠の部分が入ってきた。

予想以上にそこが広げられている感覚。熱くて硬い。一番張りだした部分が入ったのだろうか。いったん、侵入がとまった。入り口が閉じようとしている。中の粘膜も元に戻ろうと動いている。だが戻ることができなくて、ヒクヒクしながら猛りをきゅうっと締めつけているのが自分でもわかった。

巽さんがふたたび吐息を零《こぼ》し、腰を進める。そこからは、休まずいっきに奥まで貫かれた。

「あ……ぁ」

思わず声が漏れる。

「辛いか」

「いえ……気持ち、いいです……」

そう。太く大きなものをそこに入れられることは、信じられないくらい気持ちがよかった。入れるだけでこれほど気持ちいいならば、これを動かされたらどうなってしまうのだろう。不安と期待で胸を震わせていると、ゆっくりと、彼が腰を動かしはじめた。

大きな抜き差しではなく、小刻みに揺り動かし、俺のいい場所に当てるようにされる。そこから甘い快感が迸《ほとばし》り、全身を駆け巡る。自慰など比べ物にならないほどの快感。どうしよう、気持ちいい。よすぎて身体が溶ける。おかしくなる。

「あ、あ……、ん……ダメ、です……」

いままで感じたことのない快感に翻弄され、わけがわからなくなる。自分でもよくわからず口走っていた。

「なにがだめなんだ。ここをこうするのが、か」

ぐっといいところを強く押され、目の前で火花が散った気がした。意識が飛びそうになる。

「だ、め……、そこ……、っ…」

「よくないか?」

「いい……っ、いい、から……、だ、から……、だめ……っ」

気持ちよすぎて涙が溢れた。ダメだと言いながら自分でも腰を揺らし、彼の猛りをより深く受け入れようとしていた。

「ヒロ……すごく、色っぽい」

欲情した声でささやかれる。だがもう、気持ちよすぎてわけがわからない。

いやだだめだと言っても彼はやめてくれず、なんどもなんどもいいところを突かれた。

前は弄られていない。後ろの抜き差しだけで、俺は気がおかしくなりそうな快感を得ていた。

「あ、あっ」

また達った。今度は後ろだけで。中の猛りを強く締めつけ、その刺激により、彼も俺の中で吐精した。どくどくと熱い液体を中に注がれる、その感触すら快感で腰が震える。

達ったあと、彼が猛りを引き抜くと、入り口からとろりと溢れ出るものがあった。

「いまの体勢、辛くなかったか」

彼が俺のとなりに横たわり、俺の髪を撫でる。

「だいじょうぶです……」

「だったらよかった。はじめは、ちゃんと感じているか、顔を見ながらしたかったから」

彼の猛りは、当然のごとくまだ滾《たぎ》っている。彼は俺に横向きに寝るように促すと、背後からふたたび入ってきた。今度は先ほどよりすこし激しく突かれる。

「あ……っ、ぁ……」

俺の上側の大腿を上へ持ちあげて、律動する。猛りの硬さは先ほどと変わらない。むしろさらに硬くなったような気さえする。でこぼこした猛りでゴリゴリと粘膜を擦られるのが、これほど快感だとは知らなかった。とまった涙がまた溢れだす。

先ほど中にだされたもののせいで、抜き差しのたびにぐちゅぐちゅと卑猥《ひわい》な音が響く。それすら、身体を熱く興奮させる。

また高みに昇りつめ、わけがわからなくなっていると、耳元でささやかれた。

「なあ、ヒロ……、耳、さわってもいいか」

「え……耳？」

「ああ。だめか」

耳さわりをさほどハレンチとは思わない……と思っていたが、実際尋ねられると、恥ずかしい気がしてきた。でも、巽さんがさわりたいなら。

「かまいませんが……、っ……あ……？」

答えたとたん、脚を持ちあげていた彼の手が離れた。そしてウサ耳の側面を指で撫でられる。ウサ耳を人にさわられたことなどない。自分の指でさわるのとは違う感触に、なぜだか背筋がぞわぞわし、産毛が逆立った。

彼の指が根元へ下り、付け根の辺りを触れる。そして、彼が口を開け、耳の先端のほうを甘噛《あまが》みした。

「あ……っ！」

電流が走ったように身体が震えた。なんだこれ……。

「ここ、感じる？」

「あ、や……っ、あ、あ」

彼が興奮した嬉しそうな声でささやき、俺の耳を舐め、愛撫する。

耳への刺激は、性器を弄られるのとはまた違う種類の快感だった。だがそこを弄られながら後ろに突き入れられると、先ほどとは違う、より強烈な快感が身体の中から溢れ出ることを知ってしまった。

「ヒロの中、すごい……、っ……」

「ひ…、んっ……！」

彼がまた俺の中で達った。それでもまだだ。休むことなく律動が続く。

彼の猛りを深く咥えられない体勢がもどかしい。手足をもがくと、想いが伝わったようで、うつぶせにされた。膝を立てて尻だけあげる格好になり、その後ろから、強く突かれる。彼は突きながら俺に覆いかぶさり、ウサ耳に手を伸ばす。ウサ耳の先端を咥えられ、しゃぶられながら奥を突かれ、理性など、すでになかった。

なんども、なんども。ひたすら快感を与えられ、よがり、泣いた。

そうして数えきれないほどなんども達き、身も心も快楽に溺《おぼ》れ、いつしか意識を手放した。

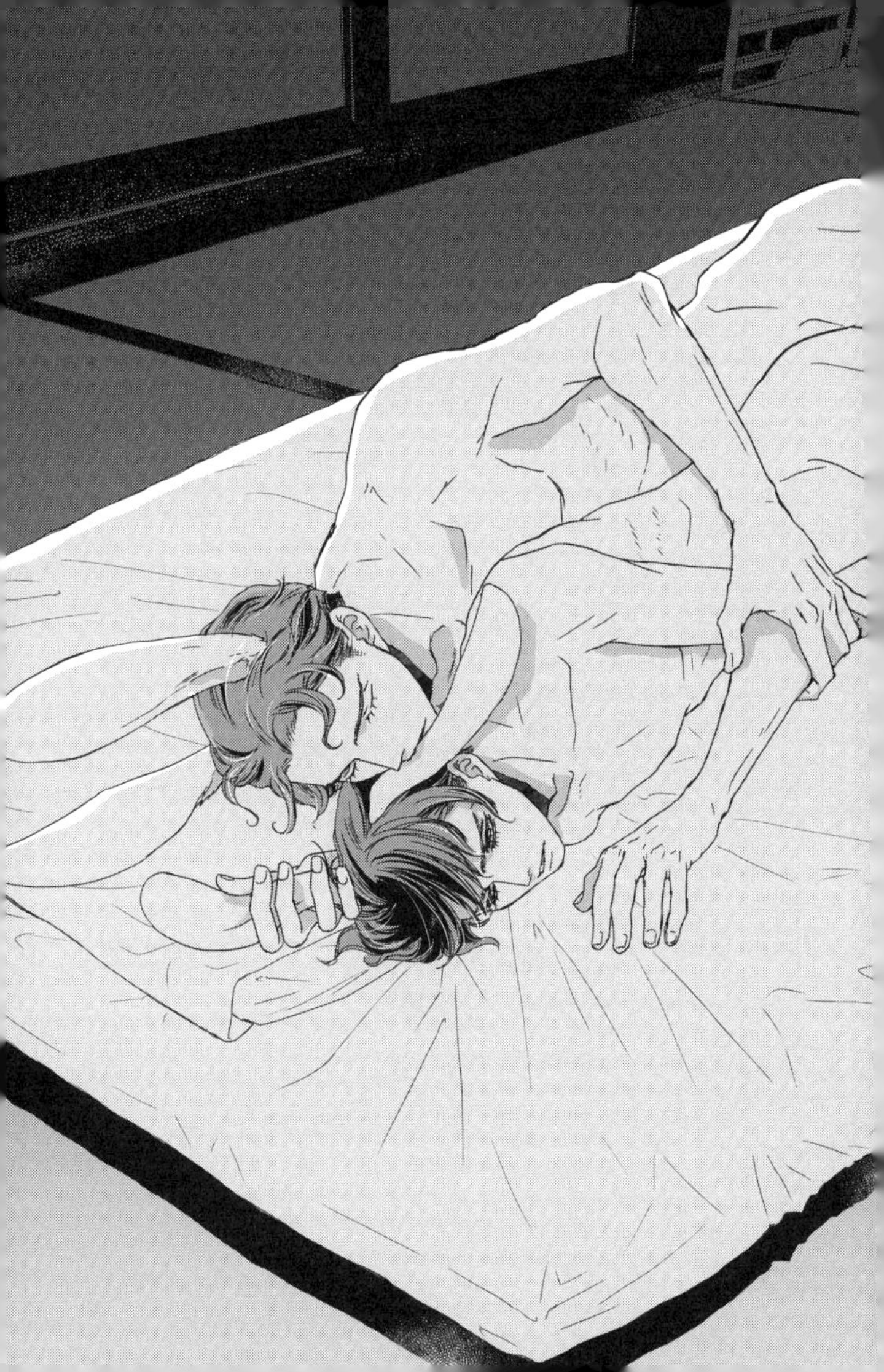

七

夢でも見たような気分だった。

巽さんとなんども繋がり、熱を共有し、数えきれないほど欲望を放った。

意識を手放したのは束の間《つかのま》のことで、その後も交合は続いた。

正常位で五回くらい、その後風呂場へ行き、そこでも五回ほど交わり、ようやく互いに落ち着いた。

ゆっくりしていくように言われたが、辞退して帰宅し、いまは翌朝。

昨夜は発熱したように頭がぼうっとして、身体も興奮冷めやらずなかなか眠れなかった。

ひと晩過ぎ、やや落ち着いた頭で昨夜のことを思いだす。

「俺……」

巽さんに抱かれたんだ……。

信じられない、と思うが、身体に残るけだるさが、夢ではないと実感させてくれる。

彼の肌の張り、腕の力強さ、俺の奥を突く逞しさ。普段なら知りえないそれらの記憶をありありと思いだせる。

好きな相手に抱かれることは想像していた以上の快感があり、興奮するものだった。だが嬉しい――という気持ちは、見当たらなかった。それよりも申しわけない気持ちが強い。

彼は俺が発情したから抱いてくれただけだ。急病で苦しむ人を介抱するのとなんら変わらない。

俺のことが好きで抱いたのではない。たまたま巽さんもそういう気分になっていて、その場にいたのが発情した俺だったという話なだけだ。抱いてもいいと思える程度には好感を持たれているのかもしれないが、あれが俺ではなくほかの保育園のスタッフだったとしても、おなじように対応したのではないかと思う。

ウサ耳族にとって、セックスは特別なことじゃない。

俺が特別だから抱いたわけじゃない。勘違いしてはいけない。

巽さんは俺とは違い、ふつうのウサ耳族。セフレもたくさんいるだろう。先日の男性もそうだろうし、もしかしたら今頃は別の誰かとセックスしているかもしれない。

俺は巽さんにとって、セフレでもないんだ。昨夜はたまたまなんだ。

巽さんの相手ができたのは、たぶん、あれが最初で最後。俺なんて身分が違いすぎる。次なんてあるわけがない。

だから今日、職場で顔をあわせても、いつもと変わらぬ態度で接しなくてはいけない。間違っても恋人面《づら》して振舞ってはいけない。

巽さんへの気持ちを忘れたいのなら、昨夜のことも忘れるべきだろう。なかったように振舞うのだ。

そう自分に言い聞かせ、仕事に出かけた。

しかし保育園で巽さんを見かけたら、昨日のあれやこれやが脳裏にフラッシュバックし、どんな顔をしたらいいのかわからなくなった。

表情は、たぶん出ない。だが自信がない。目をあわせられない。顔は絶対赤くなる。

もじもじしていると、彼のほうが気づいて顔をあげた。

怖そうな、まっすぐなまなざし。高くすっきりした鼻梁《びりょう》、一文字に結ばれた清潔そうな唇に、シャープな輪郭《りんかく》。見た瞬間、じわりと心が揺れる。

胸が高鳴って、どうしようもなく好きだと思ってしまう。

「ヒロ、おはよう」

「おはよう、ございます」

俺は目を伏せて、そそくさと厨房へむかった。

だめだ。

いつも通りになんて、無理だ。意識せずにはいられない。忘れるなんて無理だ。

やっぱり惹《ひ》かれてしまう。

やっぱり俺、巽さんが好きだ。

抱かれてしまったら、もう、心をとめられない。堰《せき》を切ったように思いが溢れ、流れだしそうになる。

こんな調子で、諦めることなんてできるだろうか。泣きたい気分で厨房に入り、割烹着に腕を通していると、厨房の戸口のほうから呼ばれた。

「ヒロ、ちょっといいか」

巽さんだ。びくりと身体が震える。

もうすこし気持ちが落ち着くまで待ってくれと言いたいが、そうも言っていられない。俺はこっそり息を吐きだし、振り返った。

「はい。なんでしょう」

巽さんが無言で俺を見つめた。なにか、言いよどんでいる様子。それからためらいがちに厨房の中へ入ってきて、俺の前に立った。

「その……昨日の今日で、会って早々、こんなことを言うのもなんだが……今日もうちに来ないか」

俺は、目を瞬《しばた》かせて彼を見あげた。

どういう意図だろう。俺を抱きたいという意味だと考えるのは、愚かなことだろうとすぐに打ち消す。とすると、夕食が必要とか？　あるいは、子供が病気で助けが欲しいとか、特別な事情でもできただろうか。

「なにか、ありましたか？」

彼は迷うような間を置き、いつもより抑えた声で言った。

「昨日は、つい耳をさわってしまった。嫌だったらもうしない。だから、また、どうだろう」

びっくりした。

えっと……。

これは、交わりを誘われているんだよな……？

俺の都合のいい解釈じゃないよな……？

戸惑いつつ返事をする。

「は、い……。耳のことは、べつにかまいませんが……」

「かまわないのか」

「ええ。でも俺なんか……相手になりますか？」

そう言うと、巽さんがムッとした顔をした。

「ヒロは自分を卑下しすぎだと思うぞ」

「……それは……ですが、巽さんと俺とのあいだに身分差があるのは事実ですし」

「それ、このあいだも言っていたな」

巽さんが息をつき、射貫くような瞳で俺を見下ろす。

「身分差ってなんだ。見えないものの距離なんて、頭の中の妄想が作りあげたものだ。よけいなことは考えなくていい」

力強く、言い放つ。

「俺は、ヒロを抱きたい。ヒロは？　俺としたくないか？」

それは……。

まさかまた抱かれる機会が訪れるとは思っていなかった。考えてもみない事態に戸惑いしかないが、俺は、どうしたいんだろう。

「……わからない、です」

したいことは、したい。だがその後に訪れる虚《むな》しさを思うと、よくわからない。

彼の手が、俺の肩をそっと抱いた。

「それは……、じゃあ、とりあえず今夜は俺にゆだねてもらっても、いいだろうか。いやだと思った時点でやめてくれていい」

「……わかりました」

拒むことなどできず、俺は頷いた。期待で、にわかに胸の鼓動が激しくなる。

その夜、俺たちは昨夜同様、いや、昨夜以上の濃密さで抱きあった。

それから一週間。毎日仕事を終えると彼の家へ行き、子供たちが眠ったあとに抱かれるようになった。

俺は自分で後ろを解《ほぐ》すことも覚え、彼が子供たちを寝かしつけているあいだに抱かれる準備をしておくことも覚えた。

今夜もそう。互いに発情を我慢しきれず、寝室に入るなり俺は着物を腰まで捲りあげた。下着を下ろそうとしたら、それより早く巽さんに下ろされた。

「手、ついて」

目の前の壁に手をつくよう言われ、素直に従う。腰を突きだす格好になると、その背後に立つ巽さんの手が俺の腰を摑んだ。

「準備は」

「できてます、から……挿れてください……」

すぐさま、彼の猛りが入り口に押し当てられる。

「あ……、ぁ……」

とても硬く太いものが俺の中に入ってくる。

入り口は事前に解しておいたので、問題なく嵌《は》め込まれていく。

ふたりとも着衣で、立ったまま、交わりがはじまる。

彼の猛りが根元まで埋め込まれ、奥まで満たす。はやく動いてほしいが、彼はすぐに動きださない。俺は全神経をそこに集中させた。まもなく突き入れられたものに粘膜が馴染《なじ》みはじめる。しっとりと吸いつくように密着する。そうなってから、ゆっくりと律動がはじまった。奥のいいところを突かれ、甘い快感が押し寄せる。互いの体温が混ざりあい、おなじように上昇していく。

ふいに腰を摑む彼の右手が離れ、俺のウサ耳をつかんだ。

「あ、あっ」

その刺激により、俺は穿《うが》たれているものを強く締めつけた。それと同時に吐精。彼も一緒に達き、俺の奥に熱いものを放った。注がれながら抜き差しは続き、中がぬかるんでいるのを感じる。気持ちよすぎて、擦られているところが溶けそうな心地がする。

そのままふたり一緒にもういちど達ったあと、引き抜かれた。

彼が布団を敷き、着物を脱ぐ。

俺は着物を脱いで仰向《あおむ》けになると、自ら膝を抱えて大きく脚を開いた。彼がふたたび中に入ってくる。しっかりと繋がると、彼は俺の腰を持ちあげるようにした。自然と、膝が俺の顔の脇につくほど身体を二つ折りにされ、結合部が真上に来る。そんな体勢になると、彼は上体を倒して、俺のウサ耳を甘嚙みしながら腰を揺さぶる。

押し潰されそうになりながら、それがおかしくなるほど気持ちがよかった。

「ひぁ、ん……っ」

なんども奥に熱いものを注がれる。俺も達くと、放ったものが胸や顎にかかってしまうが、快楽に支配され、気に留めている余裕はなかった。

身体の中も外側もぐちょぐちょで、もみくちゃになりながら快感を深く貪《むさぼ》る。その体勢で八回くらい達くと、切羽詰《せっぱつ》まっていたものが穏やかになり、後半戦になる。

「まだしてない体位はあったかな……ヒロ、俺の上に乗るか。あっちむいて」

今度は胡坐をかく彼の上に、彼とおなじ方向をむいて乗った。

「腰、下ろして。自分で挿れてみて」

「は、い……」

彼の胸に背中を預け、太い剛直の先端に入り口をあわせる。そしてゆっくりと腰を下ろしていく。

すべて呑み込み、ほうっと息を漏らす。彼の唇が俺の人の耳を咥えた。あ……くすぐったいような、ぞわぞわする感じ、だが、そうされると、奥も気持ちよくなって……。

やや収まっていたはずの欲望が再燃し、腰がうずうずした。

「俺たち、身体の相性がぴったりだな」

巽さんが嬉しそうに囁《ささや》く。息が耳に吹きかかり、それにも感じてしまう。結合部がひくついてしまう。

「っ……、そ、そうですか……?」

「ああ、そうだ。ヒロは俺以外に経験ないからわからないか。だが、気持ちいいだろう？」

腰を揺すられ、快感が強くなる。

「ぁ……、は、い…、っ……」

「ほかの相手じゃ、なかなかこううまくはいかない。だから……ほかのやつを、誘ったりするなよ」

「わか……、ぁ、ぁ……っ」

「ヒロはここをこうされるのが、好きだな」

こう、と言いながら、奥のいいところを立て続けに押し擦られる。そうされながら、両方のウサ耳を強めに握られた。急に、強い快感が来る。

「ひ…っ、……ぁ、だめ…、っ……」

快感が強すぎて、涙が溢れた。

「だめじゃなくて、いいだろ？」

「あ…、ん、でも、両耳一緒に……っ」

「いやか？」

「っ……、いい……です……、すごく、ぁ…っ」

日本の記憶がある俺だが、ウサ耳をさわられるのは変態行為だと学んできたから、やはり実際にさわられるのは抵抗があるし恥ずかしいものだった。それも、ほかの誰でもない、巽さんにさわられるなんて。相手が巽さんだからこそ羞恥《しゅうち》が増す。

だが、さわってほしいと思った。恥ずかしいが、だからこそよけいに感じてしまう。

毎晩、抱かれるときは必ずウサ耳をさわられる。巽さんにこんなことをされるなんてととまどうが、いまでは、おさわりなしのセックスなんて考えられない。

「中が反応して、俺もすごくいい……」

腰を揺する動きがいったんとまった。そして彼の舌が俺の人の耳を舐めた。両手でウサ耳を弄られ、耳朶《じだ》を舐められ、快感が極限まで昇りつめ、俺は達った。彼も、俺の奥に精を放った。奥をたくさん濡らされる感覚にも感じて、身体が溶ける。どこもかしこも感じて、どうにかなりそうというか、もう、どうにかなっている。

「ヒロは、耳をさわられながらこういうことをするの、恥ずかしくないか?」

「は……恥ずかしい、です……」

「恥ずかしいのに、感じてるんだ?」

言わされることも恥ずかしい。

「…はい」

それでも赤くなりながら、頷いた。

中に埋まっている猛りの硬度が増した。

「可愛い」

巽さんはそう囁くと、突き上げを再開した。そうしてまた数えきれないほど達き、互いに満足すると身体を離し、布団に横たわった。額の汗を拭われ、そこに口づけられる。

「こんなに合う相手はいないな。なあヒロ。もし日中発情したら、遠慮せず俺に言ってくれよ。間違っても、ほかのスタッフに助けを求めたりするなよ」

ほかの誰かとセックスなんて、考えられない。

体験してつくづく思ったが、こんなことを誰とでも気軽にするみんなの感覚が理解できない。

「…わかりました」

「なんだ？　ちょっと考えるような間があいたな」

ぼんやりして返事が遅れたら、疑うような目つきをされた。急いで付け加える。

「いや、あの、だいじょうぶです。もしそういうことがあったら、巽さんにお願いします」

「なんだか心配だな。本当だぞ」

巽さんは俺の身体を気に入ってくれたらしい。

毎晩抱いてくれるということは、俺も、彼のセフレのひとりになれたと思っていいのだろうか。

身分違いの俺なんかが相手にされるはずはないと思っていたから、ほんのひとときでも、彼とおなじ熱を共有できることが嬉しかった。

しょせんセフレと思うとその嬉しさも吹き飛んでしまう虚しいものだったが、それでも、好きな人に誘われて拒めるほど強い意志を、俺は持ちあわせていないんだ。

俺は強欲だから、セフレなんて、と思ってしまう。抱かれてない冷静な時間はとくにそう思う。だが抱かれているときの幸せなひとときを思いだすと、この時間が続くのならば、まったく相手にされないよりは、セフレでもいいとも思う。

自分でもどうしたいのか、どうなりたいのかわからなくなってくる。

抱かれれば抱かれるほど、彼への想いが強まって辛くなる。恋心を忘れたいのに、自ら深みに足を踏み入れている。

こんな関係はやめるべきではと思いながら、でも一日でも長くこの幸せを感じられたらいいと願い、飽きられないようにするにはどうすればいいだろうとすら思いはじめている。

わかっていることは、俺はセフレで、恋人ではないということ。

セフレとは、セックスする友人という意味だ。

適切な距離を見誤ってはいけない。用が済んだら長居せず、速やかに帰る。あくまでも友達という距離を崩さず、軽く、謙虚に。

そんなことを考えていると、ふと、玄関のほうで物音が聞こえた気がした。続いて足音が聞こえて、気のせいではないと気づく。

足音は大人のものだ。

巽さんも気づいたようで、起きあがりながらちいさく呟いた。

「……もう来たのか……」

どうやら心当たりがあるらしい。

「巽、いるかー？」

やや遠慮した声量。玄関よりも近い。こちらに歩いてきているようだ。

巽さんが部屋から出ていく。俺は手拭いで手早く身体を拭き、身支度をした。

これはきっと、急がないといけない。

次のセフレが来たのだ。

自分がセックスしてこなかったから思い至らなかったが、一晩にひとりだけとは限らない。日中仕事でできないぶん、夜に何人も呼んで交わることだってあるだろう。

俺はセフレの中でも新参者。前菜みたいなものだろう。きっとメインディッシュは次の人だ。いそいで寝室を明け渡さなければ。

身支度をすますと、俺はそっと寝室を出た。

鉢あわせると気まずいだろうか。相手は気にしないだろうか。

廊下には誰もいなかった。足を忍ばせて玄関へむかうと、和室のふすまがすこし開いていて、中の明かりが零れていた。通り過ぎながらちらりと覗くと、巽さんのむかいに、質のよさそうな着物を着た男性が立っていた。あれは、先週保育園に巽さんを迎えに来た、評議衆の男性だ。

また、あの人なのか。

邪魔をするのはいけないが、黙って帰るのも失礼なので、俺はその場から「お邪魔しました」と声をかけ、小走りに玄関へむかった。

「あ、おい……」

巽さんの声が聞こえたが、草履《ぞうり》をはいて家を出た。

提灯《ちょうちん》も持たず、暗い道をしばらく走った。

つい先ほどまで幸せだと思っていたけれど、すこし、胸が苦しくなった。

自分はセフレ。それも複数いるうちのひとりだ。巽さんのセフレは何人いるのだろう。ふつうのウサ耳族ならば、セフレが複数いないほうがおかしい。よほどモテないならありえるが、巽さんのような人がモテないはずがないのだ。

そういえば、ゆっくりしていけと言ってもらえたのは初日だけで、それ以降は言われていない。

毎晩、俺を抱いたあと、ほかの誰かを抱いていたのかもしれない。夜の相手は俺ひとりかと思い込んでいたが、そうじゃなかったんだな。

先ほど見た人は、身分も見た目も巽さんと釣り合いそうな人だ。

やはり、俺は前菜だろうな。

わかっていたはずなのに、ほかの相手を目にしたら、悲しくて気持ちが沈んだ。

だが、しかたないよな……。

俺では巽さんを満足させられないんだから、しかたがない。ウサ耳族に恋人関係を求めるのは、無理なんだ。神でもない限り、ひとり占めなどできない。

悲しいが、それでもまた明日も抱いてくれたらいいと思った。

胸が苦しいのは、走っているせいだと思うことにした。


翌朝、いつも通りに出勤し、厨房で野菜の下ごしらえをしていると、茂《しげる》が手伝いに来てくれた。

茂はあれ以来、とくに変わった様子もなく過ごしている。

「これ、ぼくもきってもいい？」

いつもの怒ったような顔で、人参《にんじん》を切りたいと言う。

「うーん。いまはちょっとな……じゃあ、家で、夕ご飯を作るときに切ってもらうかな。それでいいか」

「うん」

さすがに、保護者の許可なく勝手に包丁を使わせるわけにはいかない。夕食時なら保護者である巽さんも一緒に見てもらえるからいいだろうと思い、そう提案した。

そして言ったあとで、今夜も彼の家へ行く口実ができてしまったと思った。べつに、それを狙って言ったつもりでは、と自分自身に言いわけしつつ赤くなる。

昨夜は落ち込んだが、いまは復活している。

彼への気持ちを忘れることは、無理な気がした。身体を重ねたことで心の距離が縮まった錯覚を覚え、恋心もセフレの関係も手放せなくなってしまった。ならば、選択肢はひとつ。辛くても、いまの関係を続けるしかない。前菜の俺でも、もっと巽さんに気に入られるようにがんばれば、いつか、夜は俺ひとりだけでも満足してもらえる日がくるかもしれない。

自分とおなじような感情を彼に抱いてもらうのは無理だろう。だがセフレが俺ひとりになれば、だいぶ気持ちは楽になると思うんだ。

そう思い、本当に俺は強欲だと自嘲《じちょう》したくなる。抱いてもらえるだけで満足できず、セフレは俺だけにしてほしいなんて考えている。愚かなことだ。

昼食の配膳時、すれ違った巽さんを呼びとめた。

「さっき、茂に包丁を使わせる約束をしてしまったんですが、ここではできないので、仕事を終えたらお宅へお邪魔してもいいですか」

「あー、悪いが、今日は用事が入っていて、子供たちも隣家に預けることになっているんだ」

「…そう、ですか」

じつは、断られることを想定していなかったので、俺はひどく落胆した。

そうか……。

用事と言っているが、今夜は俺じゃない誰かを抱くってことなのかな……。

俺、一週間で飽きられたってことかな。よくもったほうなのかな……。今夜の相手は誰だろう。考えると、嫉妬《しっと》で胸が苦しくなる。

「明日ならだいじょうぶだ」

「わかりました」

飽きられたとショックを受けたが、明日はだいじょうぶ、ということは、抱いてもらえるのかな……。

俺は頷いて彼から離れたあと、苦しさに耐えかねて己の胸もとを摑んだ。

恋を続けるということは、こういうことなんだなと実感する。ほんの米粒ほどの幸せと引き換えに、辛い出来事が折り重なるように襲ってくる。

心身ともにタフでないと、片想いなんてやってられない。

こんな日々が今後も続くのかと思うと、気持ちが滅入《めい》ってくる。いつか、この状況に慣れる日がくるんだろうか。

今夜の彼の相手は誰だろうと悶々《もんもん》としながら一日を過ごした翌日。仕事を終えたら約束通り、五人の子供と巽さんと一緒に彼らの家へむかった。

童謡をうたいながらのんびり家路を歩いていく。

「カーラぁス～なぜなくの～」

空を見上げると、沈みかける赤い夕陽が美しい。空気はまだ寒いが、日が長くなってきていて、もうすこし待てば春が来る。季節が変わる。

この子たちももうすこし大きくなったら、こんなふうに無邪気に歌をうたってくれなくなるかもなあ。いまはかけがえのない貴重な一瞬かもなあ、などと思いつつ進み、家につく。

中へ入るなり、茂が俺の袖を引いた。

「おてつだい、する」

「ああ。頼むよ」

茂の手をとって台所へむかうと、ほかの子供たちも後からついてきた。

「あー、いいな。わたしもやりたい」

「キヨもー」

「え、キヨはまだ無理じゃないかな」

二歳児に包丁は、さすがに渡せない。

「むりじゃない！　キヨもやる！」

「あー、じゃあキヨにはこっちの手伝いを——」

わいわいと賑やかに、夕食作りに取り掛かった。

そういえば昨日の夕食はどうしたんだろう。セフレ相手とともに食べたんだろうか。気になって子供たちに尋ねたくなったが、かろうじて堪えた。その後、そういえば子供たちは隣家に預けていたのだったと思いだし、うかつに訊かなくてよかったと思った。

巽さんのことが気になるあまり、思慮に欠けている。気をつけないとな。

その日の支度は子供たちが手伝ってくれたおかげで逆に時間がかかったが、できあがったものは、みんないつも以上に喜んで食べていた。

子供たちが寝ついたあと、ふたりで寝室へ行くと、彼からキスをされた。

甘く優しいキス。恋人のように大切にされていると勘違いしそうになる。だがきっと、この人は誰とでもこんなキスをするのだろう。

そう思うとひどく悲しく、むなしい気持ちが心に広がる。

本当に大切な人には、どんなキスをするんだろう。どんなふうに抱くんだろう。

いまだけでいい。俺も、恋人のように抱いてほしい。そんなことをねだったら、引かれるだろうか。

セフレなのはわかっている。恋人になれるような相手じゃないのはわかっている。それでも、いまだけ、錯覚でいいから。

――なんて、相手にねだるばかりじゃだめだよな。

いつも巽さんにリードしてもらって、それに甘えているが、そんなことでは恋人どころかすぐに飽きられてしまうかもしれない。恋人のように接してほしいのならば、まずは自分が、がんばらないと。

キスをしながら着物を脱がされそうになり、俺はその手をとめ、身を離した。そして小走りになって彼より早く押し入れを開け、布団を敷いた。

「巽さん、横になってもらえますか」

「どうした、今日は」

急に積極的になった自分を恥ずかしく思い、頬が赤らむ。

「ちょっと、いろいろしてみたいな、と」

巽さんが面白そうに俺を見る。

「それは楽しみだ」

彼が着物と下着を脱ぎ、布団の上に仰向けになった。

「これでいいか」

「はい」

俺は懐に入れていた香油の瓶をとりだし、香油を手のひらに垂らすと、彼の上に跨り、彼の首筋から胸元を両手で撫でた。

マッサージ師になったつもりで、手のひらに圧をかけながら撫でさすっていく。

「こういうの、どうですか。気持《じ》ちよくないですか」

「ああ。気持ちいい。だが、焦らされている気分だ」

彼のものはすでに勃ちあがっている。俺も、そうだ。

俺の手は彼の腹から腰へと次第に下がっていき、中心は触れずに通り越して、脚の付け根を摩《さす》った。

彼がこちらを見る。俺はそこで香油を足し、両手で彼の猛りを包んだ。

両手で優しく上下に扱くと、熱が増し、茎がビクッと動いた。こんなに間近でこれを見るのは初めてかもしれない。

すごく、太くて硬くて、卑猥だ。これがもうすぐ自分の中に入るのだ。入る瞬間の結合部を想像すると、興奮して下腹部が熱くなった。

香油で濡らされた彼の男根はいやらしくてらてらと濡れ光っていて、俺が手を動かすごとに、浮き出る血管が太くなっていく。

それを見ているだけで、俺の身体はどこもさわられていないのに、中心が濡れてきた。

彼の先端も、じわりと蜜が零れてくる。

待ちきれなくなって、俺は口を近づけ、彼の蜜を舐めた。彼がたまにやってくれるように、先端の穴を舌先で舐め、それからゆっくりと口に含む。

大きい……。

「上手だ」

巽さんが身を起こし、俺を見下ろした、そしておもむろに俺のウサ耳を撫でた。

「……っ」

彼のものを咥えているだけでもものすごく恥ずかしいのに、その状態でウサ耳をさわられるなんて…。

ちょっと困った顔をして上目遣いに彼を見あげると、彼のまなざしに欲情が滲んだ。

「恥ずかしいか」

咥えたまま俺が頷くと、彼はいったんウサ耳を手放した。そして自分の手に香油をたらし、ふたたびウサ耳を握る。

香油で濡れた手で根元から先端まで毛並みを撫でられ、耳の穴も弄られる。耳がびしょびしょになっているのを感じる。

俺は限界を感じ、自分の尻へ手を伸ばした。はやく挿れてほしくて、入り口をほぐす。

「すごく、いやらしいな」

巽さんがごくりと喉を鳴らした。

俺はウサ耳を弄られながら、彼の猛りを口に咥え、後ろを自分でほぐしている。そんな痴態を巽さんに見られていると思うと、羞恥で目の前が真っ赤になる。それでもやめられない。がんばって、巽さんに喜んでもらいたい。

「ヒロは、普段と交わりのときの、色気の差が激しいな……」

咥えている彼のものの硬度が増した。まもなく達きそうな感じ。

「…口の中で達っていいか」

頷くと、喉の奥に放たれた。すべてを呑み干す。

俺の口で達かせられて嬉しかった。

「後ろ、手伝おう。反対向きに跨いで」

巽さんがふたたび仰向けになった。俺は彼に言われたように、彼の顔のほうを跨ぎ、先ほどとは逆方向から彼の猛りを口に咥えた。そうしたら、彼がゆっくりと上体を起こした。身体が密着し、彼の胸に押されて俺の膝が浮き、腰があがる。逆立ちまではいかないが、かなり頭が低い格好にされた。大きく開いた脚と腰を抱えられ、入り口を舐められた。

「……っ」

彼の舌先が中に入り込んでくる。香油で濡らした指も入り、奥まで抜き差しされ、広げられる。

俺の猛りは彼の胸に圧迫されて擦られ、たまらず達った。

「巽さ……、ぁ、もう……っ」

「挿れるか」

身体を下ろされ、四つん這《ば》いの体勢で、後ろから貫かれた。

「ぁ……っ、ん……、っ」

気持ちいい。いつもはすぐに繋がってしまうが、今日はすこし時間をかけたから、よけい快感が強まった。

「ぁ、あ、出ちゃう……っ」

挿れられてすぐなのに、俺は吐精した。それでも収まらず、涙を零しながら喘《あえ》いでしまう。

「たくさんだせ。俺も、出る」

奥を強く突かれる。中に、彼が放ったのを感じた。熱くて、気持ちいい…。

その体勢でそれぞれ二回達ったあと、繋がったまま上体を起こされ、胡坐をかく彼の上に乗せられた。下から突き上げられ揺すられ、快感にもみくちゃになる。数回達ってひと息ついたとき、ふと時間が気になった。

「今日は、このあとどなたか来ますか」

「いや。誰も来ないが」

よかった、と思う。

今日は子供たちとの夕食作りに時間がかかったため、寝室へ来た時間が遅かった。すぐに巽さんを次の人へ渡さなくてはならないかと心配になったが、だいじょうぶなようだ。

「そういえば一昨日《おととい》はすまなかった。あれは評議衆の者だ」

「そうでしたか。見覚えがあると思いました」

彼とはセフレ歴は長いんだろうか。

昨日も相手は彼だったんだろうか。どれほど交わったんだろう。俺よりも、濃密な時間を過ごしているんだろうか。

巽さんは常に優しく俺の身体を愛撫してくれるから、愛されていると錯覚しそうになる。だが求められているのは身体だけ。そして彼の相手は俺だけじゃない。

俺は腰をあげ、楔《くさび》を引き抜いた。そして彼のほうをむいて跨る。

「じゃあ……今夜はもうすこし、お相手してもらっても、いいですか」

「ああ。もちろん。もしかして、一昨日はし足りなかったか？」

彼の両手が俺の腰をつかみ、押し下げる。ぬちゅ、と音を立てて繋がる。

あ、と喘ぐ俺に、彼が優しく口づけてくれた。

「悪かった。今夜は満足いくまで、抱いてやる」

「お願いします……。俺もがんばります」

深いところまで繋がると、彼は俺のウサ耳を撫で、律動を開始した。俺もそれに合わせて腰を揺らし、快楽をわかちあった。

その日の俺はいつも以上に積極的だったと思う。たくさん交わり、深夜まで行為に及んだ。

身体だけの関係とわかっていても、その刹那《せつな》だけは幸せだった。

八

　その日、いつものように出勤すると、子供たちが来る前に巽さんがスタッフを集めた。

「保育園が開園してひと月半が過ぎて、みんなも子供たちも、慣れてきたように見える。それで、以前も話した通り、俺は王宮に戻ることになった」

　巽さんの言葉に、俺は顔面をガツンと殴られたようなショックを受けた。

　軌道に乗ったら戻るとは聞いていた。だが、一年、早くても半年とか。そんな感じだと勝手に予想していた。まさかこんなに早くとは思っていなかった。

　スタッフのひとりが尋ねる。

「ここにはいつまでいるんですか」

「今月いっぱいだから、あと三日だ」

　あと三日？

　嘘……。

　急な話と思ったのは俺だけではないようで、ほかのスタッフも「ええ…？」と戸惑いの声をあげていた。

「すまないな。俺ももうすこしいるつもりだったんだが、上からのお達しで、そういうことになった。俺がいなくても問題ないと思うし、うちの子供たちは継続して預かってもらうから、俺も毎日ここには来る。それで、来週からの責任者は——」

説明が続くが、頭に入ってこなかった。

穏やかに話し、みんなを見まわす彼の顔を、ただ見つめることしかできなかった。

子供たちがやってきてミーティングを終えると、俺はふらふらと厨房へ戻った。

巽さんがここからいなくなる。そうなると、俺との関係も終わるだろう。

職場が変わってもセフレ関係を維持したいと思うほど、彼の気持ちが俺にあるとは到底思えない。

王宮へ戻れば、彼の相手などいくらでもいるはず。そう、評議衆のあのメインディッシュの人がいつもそばにいるのなら、俺など必要ないだろう。

「はあ……」

あと三日。

それでお別れなんて……。

気持ちの整理がつかない。

ぼーっとしているうちに一日が終わってしまった。

昼食の食材には以前頼んでいたスッポンが届き、スープの出汁《だし》として使ったら子供にもスタッフにも好評だった。だが俺は上の空だった。

スッポンを届けてくれた業者さんが、妙に馴《な》れ馴れしいというか、不自然に身体にさわられた気がしたが、それも上の空で流してしまった。

「ヒロ、今日はどうする。来てくれるか？」

終業間際、巽さんに誘われ、俺はもちろん頷いた。

帰りながら、離職のことについて話したかったが、子供たちがいる中ではなんとなく切りだしにくく、家についていってしまった。その後も子供たちが寝るまでいつも通り。

寝室にふたりきりになり、ようやく俺は切りだした。

「巽さん。保育園を離れる話ですが……」

布団を敷いた彼が振り返る。

「あと、三日って……」

「ああ」

彼が俺の言葉の続きを待つ。だが、俺は続けるべき言葉が見つからず、口ごもってしまった。

巽さんが申しわけなさそうに肩を竦める。

「すまない。ヒロを先に復職させるつもりだったんだが、置いていく形になってしまった」

「いえ、それはいいんです」

そう、それはいいのだ。

俺は視線を落とし、ふたたび口を開き、そしてなにも言わず閉じた。

言いたいことはたくさんあるのに、すべてが言葉にしてはいけないことばかりだった。

そばにいてほしい。離れても、これまで通り抱いてほしい。別れたくない。これからもここへ通ってもいいか。

——あなたが好きだ。

そんな言葉を口にしたら、きっと引かれる。近づくどころか、距離をとられる結果になるだけだ。

諦めるしか、ないのか。

初めから、叶《かな》わない恋なのだ。

「俺がいなくなるのが、不安か？」

その問いには素直に答えてもよかろうと、頷く。

「はい」

巽さんが優しく俺を抱き寄せた。

「だいじょうぶさ。もう、ヒロはあの職場で立派にやってる。なんの心配もいらない。万が一、また兎神がやってきて、誤解を生むような真似《まね》をしても、きっとみんなが力になってくれる」

「はい……」

俺は力なく頷いた。

そういうことじゃ、ないんだ……。

のどまで出かかった言葉は腹の底に呑み込み、こぶしを握り締める。

俺の心中を知らず、巽さんが口元を緩める。

「ただ、ちょっと、心配な点もあるかな。みんな、ヒロの魅力に気づいてきたみたいだから。俺がいなくなったとたん、ヒロを誘いそうで」

「そんなことは」

「いや、ありえるさ。先週、仕事中に子供を放置して交わることは禁止。調理師の仕事を邪魔するのも、衛生面で問題があるから禁止と伝えたら、ガッカリしている者がいたからな」

爽やかに言う。

俺に対する独占欲とか嫉妬とか、そういうことではなく、管理者としての発言だ。

「ま、なにかあれば、いつでも相談してくれ、力になるから」

あくまでも、優しい上司の立場を崩さないセリフ。

彼にとって、人としての俺は、ただの部下。それだけの存在なのだ。いまセフレでいるのははたまたま身体の相性がよかったからであって、それ以上になど、なれない。

「なにか、言いたそうな顔をしてるな。なんだ？」

微笑《ほほえ》みを崩さず首をかしげる彼の目を見つめ、俺はすべての想いに蓋をして、着物を脱ぎ捨てた。

「いますぐ、抱いてください」

すぐに、攫《さら》うように布団へ連れられた。


翌日、巽さんは午前中保育園にいたが、午後には評議衆の用事があり不在だった。子供たちの迎えは難しいとのことで、俺が引き受けた。

夕方ふと見ると、巽家の長男、陽介の様子がおかしい気がした。

「陽介？」

ぼうっとしていて、声をかけても反応が鈍く、目がとろんとしている。

額《ひたい》に手をやると、かなり熱い。

「なんか、おなかいたい」

「こっちに来て、横になろう」

部屋の隅に布団を敷き、そこに寝るように言う。濡らした手ぬぐいでも持ってこようと思ったとき、陽介が呟くように言った。

「……気持ち悪くなってきた」

とたん、嘔吐《おうと》した。スタッフが桶《おけ》を持ってくる。陽介はそれを抱え、吐いた。

床の汚物を片付け終える頃には落ち着き、陽介は横になった。しかし一時間もすると、また嘔吐した。

「ほかに、おなか痛い子や気持ち悪い子、いませんよね？」

食中毒だろうかと不安になったが、陽介以外の子は問題なさそうだった。

「どうする」

俺とスタッフたちは顔を見合わせた。

日本のように電話がないから、子供の具合が悪くなっても、保護者への連絡が難しい。以前熱が出た子の場合は、家までスタッフが送り届けた。その家は母親が在宅していたので問題なかったが、巽さんは仕事中のはずだ。

話しあった結果、スタッフのひとりが評議所の巽さんのところへ連絡しにむかい、俺が陽介を負ぶって連れ帰ることになった。

陽介と、ほかの四人の子供とともに赤鬼邸へ向かった。

「にいちゃん、だいじょうぶ？」

しっかり者の長男の病気に、ほかの四人は不安そうな顔をしていた。

道中、陽介は俺の背中で嘔吐した。負ぶわれる振動が吐き気を誘発したのかもしれないが、嘔吐が収まる気配がないことに、俺も不安になる。

家につき、汚れた服を着替えさせ、子供部屋に寝かせる。うがい用の水を用意していると、そのあいだにも嘔吐していた。もう吐くものがなく、胃液ばかりだ。

どうしよう。ただの風邪なんだろうか。もっと深刻な病気だったらどうしよう。医者を呼んだほうがいいのだろうか。巽さんはいつ帰ってくるんだろう。

大人の俺が不安になったら、子供たちがますます動揺してしまう。しっかりしないといけないと思うのだが、おろおろしてしまう。

相談できる相手が欲しい。

隣家の人を呼んでみようかと思いつつ汚物の片付けをしていると、巽さんが帰ってきた。よかった。予想よりも早く帰宅してくれた。

「陽介の具合、どうだろう」

「園で何度か吐いたあと、帰宅途中でも、それから家に着いてからも吐いて」

熱がある、下痢はしていない、などわかる限り報告する。それを聞いた巽さんは速やかに指示した。

「遅くなる前に、医者に診てもらっておこうか。ちょっと隣家に医者を呼ぶよう頼んでくる。ヒロは風呂に入って、着物を着替えてくれ。サト、ヒロに新しい着物をだしてやってくれ」

巽さんはすぐに家を出ていき、俺が風呂の湯を沸かしているうちに戻ってきた。

夕食は彼が作ってくれると言う。俺は吐物で汚れているので、遠慮しつつ先に風呂に入らせてもらい、きれいな着物に着替えた。

まもなく医師がやってきて、陽介を診察してくれた。

医師によると、風邪の一種だろうとのことだった。ひどいものではないが、脱水に気をつけるようにと言って、飲み薬を置いて帰っていった。

すこし、ほっとする。でも油断はできない。

それからは巽さんと交代で子供の世話をし、陽介の様子を見つつ、雑炊を掻《か》き込んだ。

四人の子を寝かしつけると、巽さんが俺に帰宅を促した。

「世話になった。本当にありがとう。あとはもう、俺ひとりでもなんとかなると思うから、ヒロは帰って休んでくれ」

俺はちょっと迷ってから、彼を見あげた。

「いえ……陽介が心配です。もし、具合がよくならなかった場合、俺もいたほうがいいと思います。医者を呼ぶとか、使いぐらいはできますし。もうすこし、いさせてください」

「それは、助かるが……いいのか」

「はい」

それから一時間もして、陽介が「もう気持ち悪くない」と言うので、薬を白湯《さゆ》で飲ませてみた。しかし数分後、嘔吐した。

数時間後、なにも飲ませていないのに、また嘔吐。

水も受け付けず、嘔吐ばかり。ひどいものではないと医者は言ったが、子供の脱水は命取りとも言った。だいじょうぶだろうかと心配になる。だが俺と子供たちだけで家にいたときとは違い、不安は半減している。

巽さんがいる。そのことが、とても心強く思える。

当然、陽介にとってもそうだろう。巽さんに頭を撫でられるうちに、安心したようにうとうとと眠りはじめた。

俺は汚物を片付けたり、額に当てた手ぬぐいを交換したりなど、たいしたことはできないが、看病を続け、早くよくなるようにと祈り続けた。

そして朝になると、陽介の熱は下がり、水分もとれるようになった。

よかった……。

朝食を作り、子供たちに食べさせる。陽介もすこし口にした。

「今日一日は、まだ休ませたほうがいいかもしれませんね」

「そうだな」

巽さんは子供とともに休むと言う。俺はこのあと仕事に行く。

巽さんは陽介の頭を撫でたあと、その頭越しに俺を見た。

「ありがとう。本当に、なんと感謝したらいいか」

「俺はべつに、たいしたことはしてませんよ」

縮する。

本当にたいしたことはできなかったし、ひと晩いる必要はなかったかもしれず、すこし恐縮する。

「いや。いてくれて、心強かった。俺ひとりだったら不安だったと思う」

社交辞令だけとは思えない感情がその言葉に覗いていて、俺ははにかんで頷いた。帰り支度をし、玄関へむかうと、巽さんが見送ってくれた。

草履をはき、あいさつをしようと見あげると、彼はすこし、照れたような顔をして、俺に言った。

「今日は本当に…今日だけでなく、ずっと……ヒロがうちにいてくれたらいいと思ってしまった」

どういう意味かと思い、とまどった。

冗談なら冗談で返したいが、どうもそうではなさそうな雰囲気だ。

社交辞令だろうか。

しかしそれにしては、照れたような表情をしていて腑《ふ》に落ちない。

なので、もし本気も混じっていたらと考えてみる。

結果。俺は料理ができるし、子供たちも懐いている。いたら便利だろう。家政婦みたいなつもりで言っているんだろうと結論づけた。

家政婦代わりでも、彼のそばにいられるならいいかもしれないと思った。だが、ひとつ不安な点がある。

「……評議衆の方が、来たりするのでは？」

「それはそうだが」

巽さんは否定しなかった。

俺がいても、ほかのセフレを呼ぶのか。

それはさすがに、耐えられそうになかった。

巽さんがほかの人と抱きあっている気配を感じながら、おなじ家の中で暮らすなんて、無理だ。

いや、待て。たとえ本音混じりだったとしても、巽さんは本気で言っているわけではなかろう。ただの軽口だ。間に受けるなよ。これを本気に受けとめて、じゃあ同居しますなんて言ったら、引かれるだろう。

「俺よりも、ちゃんとした家政婦を雇ったほうがいいのでは」

俺は冗談っぽく言おうとして失敗し、顔を引きつらせてしまった。やや寝不足なせいか、思ったよりも不愛想な声にもなった。

「あ……そういうつもりじゃ。気に障《さわ》ったか。だが」

巽さんが焦った様子でなにか言いかけていたが、俺はそれを遮るように告げた。

「では、仕事に行きますので」

これ以上いたら、下手なことを口にしそうだ。本当に、引かれることを口走りそう。そうなる前に退散しようと思って、気が急《せ》いていた。

彼は言葉を呑み込み、俺を見つめた。

「そうか……そうだな」

彼は残念そうに呟き、俺を見送った。


巽さんが、今日から園に来ない。

王宮に戻ることになっても、子供を預けに毎日来ると言っていたのに、朝、子供たちを連れてきたのは巽さん宅の隣人だった。忙しいようなので、隣人が子供の送迎を申し出たのだそうだ。

一緒に働けないが、朝夕は顔を見られると思っていた。それなのに、顔を見ることもできないなんて。

もう、滅多に会えないのか……。

先日、家にいてくれたらいいなんて言ってくれた。あの話に乗るべきだっただろうか。だがあれはどう考えても軽口とか社交辞令みたいなものだったし……。

これほど急に会えなくなるなんて想像もしていなかったから、気持ちが追いつかない。

そばにいるから苦しかったのだ。このまま会えなくなるなら、恋心もしぼんでいくだろう。そしていつか忘れることができる。それでいいじゃないかと前向きに考えようとしたが、その考えを拒否する自分がいる。

想いが叶わなくても、そばにいさせてほしかった。

がっかりしすぎて仕事にむかう意欲がわかない。

こんなことでは、俺のことをまじめと言ってくれた巽さんに申しわけない。それにぼんやりしていると事故や怪我のもとだ。仕事はきちんとしないとと気持ちを奮い立たせ、どうにかルーチン作業をこなす。

「ヒロしぇんしぇ、げんきないよ？」

子供たちの前ではいつも通りにしているつもりだったが、心配されてしまった。

「タケのおやつ、はんぶんあげるよ。おいしいよ。たべたら、げんきでるよ」

「ありがとう。だいじょうぶだよ」

子供たちは巽さんがいなくても元気だ。スタッフも、巽さんがいなくてもスムーズに仕事をまわせている。できないのは俺だけ。しっかりしないと。

ため息をつきつつ厨房でひとりで作業をしていると、業者がやってきた。

いつもの人ではなく、たまに臨時で来る人だ。以前スッポンを頼み、届けてくれた人。

「今日はこれをお願いします」

俺が注文書を差しだすと、その人はきょろきょろと周囲を窺ってから、俺の腕を摑んだ。

「ヒロ。ちょっといまから、俺としないか」

「は？　なにを」

「なにって、交わりに決まってるだろ」

誰かに誘われたのは久しぶりで、俺はぽかんとしてしまった。すぐに首を振る。

「いや。そういうのは、仕事中はしません」

「なに言ってる。スッポンを俺に頼んだのって、誘いの意味だったんだろ。わかってる。恥ずかしがるなよ」

どうしてそうなる。

「違います」

「いやいや。だいじょうぶだって。交わり禁止なんて規則を作った赤鬼さん、もういなくなったんだろ？　ちょっとだけだから」

「いや、規則だからということでなくて――」

強い力で抱き寄せられる。抵抗したらむこうも本気をだしてきて、揉《も》みあううちに床に転び、上からのしかかられた。

「ヒロのこと、いいなとずっと思ってたんだ。でも仕事中は交わり禁止ってことで誘えないし、仕事を終えるといつも赤鬼さんにガードされてるしで、なかなか声をかけられなくて。

やっと今日、誘えたんだ。な、ちょっと試しにさ。頼むよ」

以前の俺だったら、即座に蹴《け》りを入れ、断っていただろう。

だが、いまは抵抗する気力が起きなかった。

俺に好意を持って誘ってくれている、彼の気持ちに自分を重ね合わせてしまったためだ。

勇気をだして巽さんを誘って拒まれたら、俺は傷つく。この人も、俺が拒んだら傷つくかもしれないと思ってしまった。

けっして、この人と抱きあいたいとは思わないのだが、ちょっと隙ができた。その隙を相手は見逃さず、俺の着物の裾を広げた。

そのとき、勝手口の戸が突然開いた。

「ヒロ――」

その声は、巽さんだ。驚いて振り返ると、彼も驚いた顔をしてこちらを見ていた。

次の瞬間、彼は能面のような無表情になった。そして一気に距離を詰めると、俺の上に乗っていた男の首根っこを掴み、投げ飛ばした。

「いって…、うわ、赤鬼さ……っ」

投げ飛ばされた男が、状況を把握して慄く。その男には見向きもせず、巽さんは俺の腕を掴んで立ちあがらせると、俺を連れて勝手口から厨房を出た。

巽さんは無言のまま、俺の腕を引いてずんずん歩いていく。

「あ、あの、どちらへ……」

後ろについていきながら尋ねるが、返事はない。

どうしたんだろう。後ろから見ても、彼の身体から怒りのオーラが立ち上っているのがわかる。俺を連れていくということは、原因は俺なんだろうか。俺、彼を怒らせるようなことをしでかしただろうか。いったいいつ？　気づかぬうちに、なにか失敗したか？　どんな？

巽さんは一見怖そうだが本当に怖いことはない。いつも穏やかで優しいその彼がこれほど怒るなんて、尋常じゃない。だがその理由がさっぱりわからず、オロオロしているうちに彼の家へ着いた。

なぜ家へ？　その理由もわからないし、訊いても答えてもらえそうにない空気。草履をそろえる余裕などなく脱ぎ散らかして三和土《たたき》を上がり、連れていかれた先は彼の寝室。彼は力任せに戸を閉めると、俺を壁に押しつけ、真正面から睨んできた。

「ヒロ。俺がいなくなったとたんに、とは思わなかった」

なにを言われているのか、すぐに理解できなかった。

「俺以外の男とは交わらないと約束しただろう」

なんらかの失敗について問いただされると思っていた。きっと仕事上のことだろうと予想していたから、虚を突かれた。

「え、いったい……それは、さっきの業者のことですか？」

「それ以外になにがある。それ以外にもあるのか」

「まさか。違います。俺は、拒んで…」

「嘘だな。拒否していなかった。手も足も、抵抗するどころか、力が入っていなかった。のしかかられて、着物を捲られていたのに」

それは……たしかに、事実だ。

巽さんに目撃された瞬間は、あの男に同情して抵抗していなかった。だからといって、そのまま交わるつもりでもなかったのだが。

しかしどうしてそのことを尋ねるのか。どうして怒りながら尋ねるのか。

返事をできずにいると、睨んでくる彼の瞳がさらに怒りで燃《は》えあがった。俺を仰向けに押し倒すと、上にのしかかり、俺の着物を捲って乱暴に下着を剝ぎとる。

「するなら、俺だけにしてくれ」

脚を開かれ、入り口を見られる。

混乱している俺の入り口に、彼の指が入ってきた。

「……まだ、していなかったみたいだな」

ぐるりと、中をかき混ぜられた。

「だが、俺が偶然あの場に行かなかったら、していただろう」

彼が鬼の形相で俺を見下ろす。いつも穏やかな彼の豹変《ひょうへん》ぶりに困惑して、声が出ない。

「なぜだ？　俺以外と試してみたくなったか。俺に飽きたか」

まるで浮気を責められているようで、混乱する。

なぜ巽さんがそんなことを訊くのか。以前、仕事中に発情したら自分を呼べと言われた。だがそれは単に身体の相性がいいからというだけで、嫉妬とか独占欲とか、そんな感情とは遠いニュアンスだった。

だがいまのこれは――嫉妬？

そんなまさか。

「ヒロを手放す気はない。ほかの誰かに抱かせるつもりもない。そんなのは、許さない。嫌だというなら、このまま一生、ここに閉じ込める」

指が引き抜かれ、彼の猛りが入ってきた。急に奥まで貫かれ、息が詰まる。

「……っ」

しかし俺の身体は柔軟に対応し、嬉々《きき》として彼を包み込んだ。

「ほら。中は俺を喜んでる。こんなに相性がいいのは、俺だけだ。俺以外に抱かれる理由なんて、ないだろう？」

激しい抜き差しがはじまる。

「ぁ、あ……っ」

ただでさえわけがわからないのに、強制的に快感を送り込まれ、考えられなくなる。高まる快感で視界がぼやける。高みへ昇りつめ、そのことだけしか感じられなくなっていたとき、ふいに、耳元でささやかれた。

「……好きだ」

「……え……」

耳を疑った。

ぼんやりと、彼を見あげる。かすかな声音で、聞き取りにくかったが……。

いま、なんて……？

尋ねるより先に、かすれた声でふたたびささやかれる。

「好きだ……、ヒロだけだ……」

驚いて焦点をあわせると、彼の瞳が、俺を睨みながらも苦しげにゆがんでいた。

本当かと尋ねようと口を開きかけたが、奥を強く突かれ、快感に意識を持っていかれた。

俺は息をつめて、熱を放った。

強く抱きしめられる。彼も俺の中で達った。

「ヒロも……俺だけしか考えられないように、なればいい」

彼はそう宣言すると、壁際の簞笥に手を伸ばし、引き出しから容器をとりだした。

軟膏のようだが、初めて抱きあったときに使ったものとは違うもののようだ。彼はそれを指にとると、猛りを俺から引き抜き、代わりに軟膏を押し込むように指を中へ入れた。

「あ……」

とたん、粘膜が燃えるように熱くなる。薬の入ったところが快感で蕩《とろ》けた。すぐに彼の猛りが入ってきて、粘膜全体に広げ、奥へと押し込んでいく。身体中の細胞が騒ぎだし、祭りのように血が沸騰した。脳も、一瞬にして快感に支配される。

媚薬入り、なのかもしれない。

そう思ったときには、もう、理性はなくなっていた。

「あ、あ……ぁ、……っ！」

強い快感にめまいがする。全身が甘く蕩けてぐにゃぐにゃになる。思考も蕩け、それしか考えられず、ひたすら快楽を貪った。

それから獣のような交合が続いた。上になり、下になり、噛まれたり、紐《ひも》で縛られたり。ふたりの身体がドロドロに溶けあい、境界線がみつからなくなるほどに交わった。

何時間抱かれ続けたのか、もはや覚えていない。陽《ひ》が落ちて部屋が暗くなり、ふたたび明るくなって、さらに陽が暮れはじめたところまでは覚えている。そこで意識を手放し、目が覚めたときには夜だった。巽さんから口移しに甘い液体を飲まされ、また身体を繋げられ、延々と快楽を与えられる。

また陽が昇って部屋が明るくなった頃、もうなにも出ないという感覚を味わった。それでも交わりは続いた。

食事もとらず、三日三晩、抱かれ続けたようだった。体力もつき、そろそろ死ぬかもしれないというところで、楔を抜かれた。

それから気を失うようにすこし寝て、いい匂いがして目を覚ました。室内には俺しかいない。そろりと身を起こす。

窓から穏やかな陽が差し込み、鳥の鳴き声が聞こえる。この数日の、嵐のような交わりはなんだったのかと思うほど、静謐《せいひつ》な空気が流れている。

嵐はまだ続くのだろうか。だがさすがに空腹で、なにか食べたい。

媚薬の効果は抜けているようだが、頭も身体も痺《しび》れたようにぼんやりしている。

そこへ巽さんがやってきた。

「動けるか」

「はい」

「風呂が沸いてる。食事も、雑炊を作ったが、どっちを先にする」

「…じゃあ、お風呂を借ります」

やや覚束《おぼつか》ない足取りで浴室へ行き、身を清めた。着物を着ていつも食事をする和室へ行くと、食事の準備ができていた。

食卓の前にすわると、巽さんが俺の横、下座に正座した。

「ところで、子供たちは？」

「隣の家に預けている」

「仕事は…？」

「……保育園なら、うまくやっているだろう」

保育園、料理人は俺しかいないんだが……。まあ、スタッフもおにぎりくらいは作れるだろう。どうにかやっているかな……。

「まず、食べてくれ。食べられそうか」

「あ…はい。巽さんは？」

「俺はいいから」

「…では、いただきます」

俺は手を合わせて一礼して雑炊を口に運んだ。三日間食べていなかったから、胃に沁《し》み渡る。この身体は日本人よりずっとタフにできているから、多少の無理は耐えられるだろうと予想していたが、食事抜きの三日三晩耐久セックスは、さすがにきつかった。

俺が食べ終えると、それまで黙っていた巽さんが、姿勢を正し、深々と頭を下げた。

「かなり、無茶をした。すまなかった」

「……どうして、こんなことを？」

突然耐久セックスがはじまった、理由が知りたい。

彼は頭をあげると、本当にすまなそうな顔をして俺を見た。

「……ヒロがほかのやつと交わろうとしているのを見て、嫉妬と独占欲で、かっとして……おかしくなった」

「巽さんが、俺に、嫉妬と独占欲……？」

抱かれているあいだ、ずっと「好きだ」とか「俺だけのものだ」などとささやかれていた気がするが、媚薬の副作用で自分の都合のいい幻聴が聞こえていただけではないかとも思ったりもしていたのだが……本当の本当に、現実のことらしい。

「陛下が、兎神のことになると壊れる。その感覚が、よくわかった」

この三日間で、ものすごく求められていることは、身体で感じた。

しかし常に穏やかな巽さんが、おかしくなるほど俺を求めてくれるなんて。そんな素振《そぶ》りが前々からあったなら納得もできる。が、急変過ぎて……。

嵐のように求められたあとでも、にわかには納得できない。まだ動きの鈍いぼんやりした頭で、状況を考える。

「あの…、俺が好きって……？」

「ああ。好きだ」

きっぱりと告げられ、胸がざわめく。

「五年前、王宮で初めて見たときから、ずっと気になっていた。親しくなりたいと思って機会を窺っていたんだ。そうしたらクビになっただろう。ヒロには悪いが、これこそ神に与えられた機会だと思った。浅ましいくらいさっそく仕事に誘って……それからはあっという間に好きになった。毎日その言動に惹かれて。もう、手放せないと思った」

そんなふうに思われていたとは。

「…全然知らなかったです……」

「嘘だろ」

「いや、本当に。巽さん、好きだなんて、ひと言も……最初は、俺の発情を助ける形でしたし」

「たしかに、ヒロは純情でまじめだから、ガツガツいったら怖がられて逃げられそうだなと思って、はじめは抑えていた。大事にしたかったから、慎重に接していこうと思っていたな。だが交わってからは抑えきれなくて、かなり独占欲をだしてたと思うんだが」

「そうだったでしょうか……」

そう言われてみたら、そうだろうか……。

彼が息をついた。

「好きだからといって許されるものでもない。感情を制御できずに、ヒロにぶつけてしまった。軽蔑したか」

「いえ。巽さんは、いつも穏やかで常識人なので……理性をなくすことがあるのかと、驚きましたが」

「なにを言っている。俺は、常識人なんかじゃない。変態だぞ」

「え」

「え、じゃない。知っているだろう。毎晩、ヒロのウサ耳をさわってるじゃないか」

「ああ、それは、まあ……」

恥ずかしいことをされているとは思ったが、巽さんが変態という認識はなかった。言われてみればそうかもしれないが、しかしそれを喜んで受け入れている俺も、人のことは言えない。

ふと気になって、訊いてみた。

「ほかの方と交わるときも、さわるんですか」

すると巽さんは首を振った。

「さわるもなにも、もう何年も、交わってない」

「え？」

どういうことだ。

巽さんが続ける。

「五年前に兎神がやってきて、王と愛しあう姿を見るようになって……それから、あの方たちのような関係に憧れるようになった。俺も、できることなら生涯ひとりだけと思うようになって。だが、そう思える相手に巡り会えなかった……いま、その相手に巡り会えたと思っているんだが」

巽さんも、俺とおなじように、ひとりの相手を求めていた……？

ずっと、交わってなかった……？

しかし。ならば、メインディッシュは？

「評議衆の方は……？　夜、いらした……」

「ん？　ああ。仕事の報告で、やってきたな。それが？」

「仕事だけ、ですか？　その前、保育園に彼がいらしたとき、一発やろうとか言って……」

「聞いてたのか」

巽さんが顔をしかめた。

まさか。

「あれは、そういう意味じゃないんだ。彼は博打《ばくち》仲間でな。だが博打と言うと、外聞が悪いだろう。だから交わりのような言い方をしているんだ」

本当なのか、ということよりも、セックスよりも博打のほうが醜聞と判断し、子供たちがいるそばで一発一発と連呼するウサ耳族の良識とは……。

「巽さん……彼と交わったのかとばかり……」

「とんでもない。あいつとはそんな仲じゃない。頼まれてもお断りだ」

評議衆のあの人は、仕事や博打の誘いでちょくちょく赤鬼邸を訪れるのは事実だが、性的な関係ではないという。

肩の力が抜ける。それからそこまで聞いて、もしかしてと期待が募りはじめた。

「あの……もしかして、セフレ…交わっているのは、いまは俺だけってことですか」

「ああ、そうだ」

巽さんがまっすぐに告げる。

「ヒロだけだ。ヒロ以外には、いない。これからもずっと、そうしたいと思っている」

俺は、セフレのひとりじゃなかった。

これからもずっと、俺ひとりと巽さんが言ってくれる。

この国の人間で、生涯ただひとりがいいなんていうのは、俺くらいなものだと思っていた。

地位があって格好いい巽さんが、ひとりだけしか相手にしないなんて、ありえないと思っていた。

それがまさか。巽さんも、おなじような考えを持っていたなんて。

「ただ、知っての通り、俺は変態だ。それでもよければだが。もちろん、耳さわりが嫌だったら、もうしない。誤解ないよう言っておくが、耳をさわらせてもらえなくてもヒロが好きだし、これからも関係を続けてほしいと思っているんだ」

巽さんは自分を変態という。だが俺だって、彼にさわられて喜んでいるんだから変態だ。

変態万歳。

俺は胸が熱くなり、夢でも見ている心地になった。

やっぱりこれは夢かもしれない。でもたぶん夢じゃない。

一生気持ちを伝えることなどないと思っていた。だが、伝えても、いいのかもしれない。

想いが溢れるように、自然と言葉が零れた。

「俺も、巽さんが好きです」

「ああ。知ってる」

え。

即答にびっくりした顔をむけると、彼が頬を緩めた。

「そりゃ、わかるだろう。興味ない子の好きな相手なんてわからないが、ヒロは、俺の好きな子なんだから。表情は変わらなくても、視線とか、態度とか。どうしたって伝わるものがあるよ。誰よりも、ヒロをよく見ていたんだ」

ばれてたのか。表情筋、無駄死にじゃないか。

もちろん、嫌われたかなとか、自信がなくなることもあったが、と彼が続ける。

「好きな人、恋人、伴侶じゃないと興奮しないと宣言していたしな。俺に抱かれて、ちゃんと興奮してくれた」

俺は恥ずかしくて顔が真っ赤になった。

「だからもう、俺としては恋人のつもりだったんだ」

巽さんのまなざしが甘さを帯びる。

「だからこそ、ヒロがほかの男と交わろうとしているのを見て、理性をなくした。俺が好きだったんじゃないのか、と」

そういえば、その誤解が解けていなかった。俺は慌てた。

「あの。あれは本当に、交わる気なんてなかったですから。その直前までは抵抗してたんです。彼の話を聞いて、気が緩んでしまったところにあなたが来て」

声を大にして主張した。信じてくれと言い募ったら、彼はちょっと考えるように上のほうへ視線をむけ、それから俺へ戻した。

「信じるよ。その代わり、約束してくれないか」

甘やかな笑みを浮かべ、続けた。

「俺のほかに誰とも交わらない――俺の伴侶になるって」

巽さんの左手が、膝の上に置かれた俺の右手に触れる。

「はい」

俺は泣きそうになりながら、彼の左手の上に、もう片方の手を重ねて頷いた。

九

翌日保育園に行くと、スタッフも子供たちも安堵《あんど》した様子で俺を迎えてくれた。

「心配してたぞ。業者さんに聞いたら、急に巽さんに連れていかれたって。その後、巽さんも連絡くれないし。具合でも悪かったのか」

「……はい。ご迷惑をおかけしました。子供たちの食事、だいじょうぶでしたか」

「ああ、まあ、大変だったけど、三日間おにぎりで凌《しの》いだよ」

子供たちも心配してくれたようで、次々に俺に抱きついてくれた。

「ヒロしぇんしぇ、だいじょうぶ？」

「おねつでたの？」

ありがとう、だいじょうぶだよとひとりひとりに答えると、子供たちは俺から離れ、お医者さんごっこをはじめた。可愛い。

ところであの日、保育園には来ないはずの巽さんがなぜ厨房の勝手口からやってきたかというと、王宮での俺の誤解が完全に解けたことを急いで伝えるためだった。

あそこまで膨れあがった噂を完全にリセットするって、大変な作業だったはずだ。きっと、巽さんが尽力してくれたのだと思う。

そういうわけで、来月から復職できるという。

俺は、濡れ衣が晴れてほっとした。だが、復職は断ろうと思った。

王宮の料理人は名誉な仕事だが、正直、いまの職場のほうが楽しいし、居心地がいい。子供むけの調理の工夫は俺にとって新鮮だし、反応もわかりやすく、やりがいも感じる。

園の献立は毎日記録しているが、そのうちきちんと、巽さんのように冊子にまとめたいとも思っている。この国は歴史が浅いから、文献が少ない。俺の記録が、ほかの誰かの役に立てばいい。たぶん、すぐに必要になるはずだ。二つ目の保育園が、街の西部に建設中だというから。

それからさらに三日もすると、保育園に巽さんが顔をだすようになった。子供の送迎のためだ。隣人に頼んでいたのは数日だけだったらしい。

夕方、子供たちを迎えに来た巽さんと共に、俺も帰る。

歩きながら巽さんが尋ねてきた。

「ヒロ。もうあの業者は来てないよな」

そういえば、あれから見ていない。たまに臨時で来る人だから、来なくてもふしぎではないが。

「はい」

巽さんが満足そうに頷く。

「雇用主に言って、担当を替えてもらった」

なんと、また俺が襲われる心配をしたらしい。

この国の人は性欲は強いが、相手へのこだわりは薄い傾向があって、いちどちゃんと断れば、しつこくされることはほとんどない。だからそこまでする必要はないと思うのだが。

心配性だな、と思うが、愛されているようで、嬉しい。

「それから、昨日話したことだが。考えてくれたか」

「……はい」

俺は頷き、すこしためらってから、言葉を続けた。

「よろしく、お願いします」

昨日、一緒に暮らそうと巽さんに言われたのだ。

答えは決まっていたけれど、身分違いの俺が同居するのは、とまどいもあるし、兄たちにも話さなきゃいけないので、一晩待ってくれと答えた。

帰宅して兄たちに相談したら、問題なく喜んでくれた。とまどいはまだあるけれど、一緒に暮らしたい思いのほうが強い。

俺が答えると、巽さんは顔を輝かせ、子供たちを見下ろした。

「おい、みんな。ヒロが俺たちの家族になってくれるぞ！」

子供たちが一斉《いっせい》に見上げてきて、きゃあっと歓声をあげる。

「いつから？　いつから？」

「みんなが、いい日から……」

「じゃあ、きょうからだよ！」

子供たちと笑いながら家路を行く。

巽さんの家の門が見えてくると、その手前でうろうろしている女性の姿があった。

赤鬼邸を覗こうとしているような、不審な動き。なんだろうと思っていたら、彼女がこちらに気づいた。ハッとして立ちすくみ、数歩逃げるように後ずさりする。

巽さんが口を開いた。

「佳菜子《かなこ》さん」

名を呼ばれ、彼女は迷うように立ちどまった。そして、子供たちへ視線をさまよわせる。

話ができる距離まで近づくと、巽さんも立ちどまり、俺たちもそれに合わせた。

「戻っていたんですか」

巽さんの言葉に、彼女は口をもごもごさせながら子供たちを見つめ続ける。

「…茂…」

彼女の視線の先には、茂がいた。

この人が茂とキヨの母親か。たしか、二年前に巽さんのお姉さんが亡くなったときに失踪したということだから、当時の茂は一歳。二年でだいぶ成長しただろうが、我が子はわかるのだろう。

「ええ。茂とそれからこっちのキヨも、俺が預かっています」

女性が泣きそうな顔をして、深々と頭を下げた。

「すみません。本当に、あのときはどうかしていて…」

彼女はしきりに謝り、泣きだした。その謝罪をしばらく聞き、落ち着いた頃、巽さんが尋ねた。

「それで、今日は、連れ戻しに？」

彼女がちょっと黙って俯く。

「いえ……元の家に荷物をとりに…子供はまだ、その、準備ができていなくて……」

どんな事情か知らないが、子供と暮らすことはできない。でも顔を見たくてうろうろしていた、ということらしい。

「そんなに恐縮しなくていいです。こういうことはお互い様でしょう。俺が預かっていますから、いつでも顔を見に来てください。なにかあったときのために、いま住んでいる場所を教えていただけますか」

巽さんが鞄《かばん》から筆記用具をとりだし、彼女に手渡す。

「それから、役所にも現住所を申請してください。そうすれば、いろいろ補助が受けられます。二年前よりも融通が利くはずです」

女性が渡された紙に、ちょっとためらいを見せつつも、書きはじめた。そして巽さんに返す。

受けとった巽さんは、茂を見下ろした。

「なにか、言いたいことはあるか」

茂は、怒ったような顔でじっと女性を見つめて黙っていた。

「行こうか」

なにも言わなそうなので、巽さんが子供たちを玄関に促した。すると、茂がちいさな声でぼそぼそと言った。

「…ぼくは、キヨのおにいちゃんだから。それから、ヨウちゃんとサトちゃんのおとうとで、タカのおにいちゃんだから…」

女性は茂を見つめるだけで、動かない。

巽さんは茂の頭を撫でた。

「今日は急でしたから、びっくりしていると思います。また来てください。ちょこちょこ来てくれたほうが、いいと思います」

巽さんがそう言って、子供たちを家の中へ入れた。最後に続いた俺は、彼女に黙礼して玄関をゆっくり閉めた。

「いまの、シゲルとキヨのおかあさん？」

陽介の質問に、巽さんが頷く。

「ああ」

「シゲルとキヨ、いなくなっちゃうの？」

「いや。顔を見に来ただけだってさ。また見に来るって」

「そっかー」

四歳のサトが言う。

「また、ちかくにすめばいいのにね」

「そうだな。そのうち、戻ってくるかもな」

キヨは、きょとんとした顔でみんなの顔を見ている。

茂は俯いてなにか考えているようだった。みんなが和室へ入ると、茂は俺へ顔をむけた。

「おてつだい、する」

「……ああ。行こうか」

こんなとき、なにか声をかけてやりたい気になるが、よけいなことは言わず、普段通りに振舞うことに努める。哀れむのではなく、優しい空気を醸しだせていたらいいのだが。

その日は茂だけでなく、ほかの子供たちも巽さんも夕食作りに加わって、見栄えの激しいおかずが並んだけれど、いつも通り優しく温かい食卓になった。

日差しが暖かくなり、若葉が芽吹きはじめた頃、毎年恒例の東京《とうきょう》市《し》尻相撲《しりずもう》大会が開催された。

場所は役場前の広場。巽さんと子供たちと行くと、広場には桟敷《さじき》席と土俵が作られ、大勢の人で賑わっていた。

昨年までは、決勝戦まで行くと式神と対戦することができたのだが、試合にならないので今年から変更になり、優勝者の髪をナスの式神が散髪してくれることになった。いずれにせよ、みんな、気合が尋常ではなく、白熱した戦いが繰り広げられていた。

俺はとても勝てると思えないので、参戦したことはない。

土俵近くは混んでいるので後ろのほうから、サトを肩車して観戦していると、斜め後ろのほうがざわつきだした。なにげなく振り返ると、兎神と王がこちらへ歩いてくる姿が見えた。

兎神の目的は俺たちのようで、こちらへまっすぐ向かってくると、「やあ」と言って、俺たちの横に立った。

「茶埼くん、ここの厨房には戻らないんだって？」

「すみません」

「いや、謝るのは俺のほうだよ。振りまわして申しわけない。でも、そうか。茶埼くんの料理が食べられないのは残念だな。たまにでいいんだけど、なにか、うーんと……お弁当は手間か……俺が保育園へ……」

俺の肩に乗るサトが口を挟んだ。

「うちにたべにきたらいいよ！」

陽介も言う。

「そうだよ！　うちにおいでよ！　ヒロのごはん、ごちそうするよ！」

兎神が子供たちに笑顔をむける。

「ありがとう。でも俺がお邪魔したら、大変じゃないかな」

俺は巽さんと顔を見合わせた。俺の表情を読みとった巽さんが兎神へ言う。

「いま、ヒロは我が家に住んでいます。すぐそこですから、夕食時にふらっと来ていただいてもだいじょうぶですよ」

「え……いいのかい？　本当に行っちゃうよ？」

兎神の視線が巽さんの次に俺にむけられる。俺は黙って頷いた。

「私もついていってもかまわないか？」

王にまで言われても、巽さんはにこやかに答える。

「そのほうが、誤解されることもなくてよろしいですね。ヒロの都合もありますから、事前にご連絡ください」

「わあ。楽しみだ」

兎神が嬉しそうに笑う。子供たちも兎神が家に来ることになって大喜びだ。

俺は、嬉しそうな兎神を見つめた。

出身は日本のどちらですか。そこ、知っています。俺も日本を知っているんです。そんな会話をしてみたいとかつては思っていた。自分も仲間だと、彼に認めてほしいという思いがあった。

だがいまは、兎神に認めてもらわなくてもいい。自然な会話の流れでそういう話になるならいいが、いまは違うだろう。

代わりに俺は言った。

「品種改良した野菜はありますか。持ってきていただければ、調理法を試してみますよ」

「わあ、助かるよ」

ひとしきり新種の野菜の話をしたのち、土俵のほうへ目をむけた。

そこでは決勝戦が終わり、今年の優勝者が決まったところだった。王弟だ。

土俵の上、みんなが見守るなかで散髪がはじまり、王弟はモヒカンにされていた。

このあとは、集まったみんなで土俵を片付け、マイム・マイムを踊る。

なんだかんだ言っても、ここは、

「平和な国だな……」

晴れやかな空を見上げ、それからとなりにいる巽さんを見て、俺は微笑んだ。

あとがき

こんにちは。

お久しぶりのウサギの国シリーズ、四作目になります。

第一作目の「ウサギの王国」が発売されたのが十年前で、前作の「ウサギの国のキュウリ」は八年前。だいぶ時間が経ってしまいました。正直、このシリーズをふたたび書ける日が来るとは思っていなかったので、機会をいただけてとても嬉しく思っています。

いつものように、シリーズを未読の方にもわかるように書いたつもり……なのですが、どうかな…。たぶん、「ウサギの王国」だけでも読んでからこの本にとりかかったほうが、より楽しめると思います。

そして既刊を読んだ後に今作を読みはじめて、「おや？」と思った方、きっといますよね？主人公が島人で、これまでとテイストが異なりますし。あと、前作の中で「春になったら島の北部へ行こうと思う」と兎神が言っているので、今作は北部編になると予想していた方も多いのでは。

それがまさかの五年後。北部探検はどうなった。

いや、あのですね。ええと。

すみません……。兎神たちが北部へ行く話は、いつかまた機会があれば書かせてください。

さて、イラストは亀井高秀先生に担当していただきました。主人公たちが素敵なのはもちろんですが、亀井先生の描かれるちびっ子たち、めっちゃ可愛いですよね！　この可愛いちびっ子たちの表紙につられて書店でお手にとった方、たくさんいるのではないかと思います。はあ〜、何度見ても癒されます。先生、ありがとうございました。

また、今回も頼れる編集担当Aさんをはじめ、この本の作成に関わった皆様にも感謝を。大変お世話になりました。

最後に読者の皆様、すこしでも楽しんでいただけたら幸いです。

またどこかでお会いできますように。

二〇二二年八月

松雪奈々

✦初出　ウサギの国の甘やか初恋保育園……………書き下ろし

松雪奈々先生、亀井高秀先生へのお便り、本作品に関するご意見、ご感想などは
〒151-0051 東京都渋谷区千駄ヶ谷 4-9-7
幻冬舎コミックス　ルチル文庫「ウサギの国の甘やか初恋保育園」係まで。

幻冬舎ルチル文庫

ウサギの国の甘やか初恋保育園

2022年10月20日　第1刷発行

✦著者	松雪奈々　まつゆき なな
✦発行人	石原正康
✦発行元	株式会社 幻冬舎コミックス 〒151-0051 東京都渋谷区千駄ヶ谷 4-9-7 電話 03(5411)6431［編集］
✦発売元	株式会社 幻冬舎 〒151-0051 東京都渋谷区千駄ヶ谷 4-9-7 電話 03(5411)6222［営業］ 振替 00120-8-767643
✦印刷・製本所	中央精版印刷株式会社

✦検印廃止

ISBN978-4-344-85136-8　C0193　Printed in Japan